हिन्द पॉकेट बुक

लोकप्रिय सूफ़ी सन्त कवि

शैख़ फ़रीद

महाकवि भारतीय सन्त परम्परा में शैख़ फ़रीद का स्थान अग्रणी है। उनका जन्म पंजाब में हुआ और उन्होंने पंजाबी में पद लिखे। सूफ़ी विचारधारा के उनके पद सभी मत-मतान्तरों के अनुयायियों में समादृत हैं। वह ईश्वरीय प्रेम के पक्षधर थे, ऐसी प्रेमधारा जिसमें तैरकर मनुष्य की जीवन नैया तर जाए। वे समाज के सच्चे हित-चिन्तक थे और मानवमात्र की भलाई में विश्वास रखते थे। शैख़ फ़रीद इस्लाम मज़हब के माननेवाले सच्चे मुसलमान थे। उनका दृष्टिकोण मानवीय है। यही कारण है कि वे सभी धर्मावलम्बियों में समादृत हैं। उन्होंने मनुष्य को सच्चे रास्ते पर चलकर परस्पर प्रेम, सौहार्द, श्रेष्ठ आचरण तथा मर्यादापूर्ण जीवन की प्रेरणा दी।

लोकप्रिय सूफ़ी सन्त कवि

शैख़ फ़रीद

डॉ. हरभजन सिंह

हिन्द पॉकेट बुक्स
पेंगुइन रैंडम हाउस इम्प्रिंट

हिन्द पॉकेट बुक्स

यूएसए। कनाडा। यूके। आयरलैंड। ऑस्ट्रेलिया। सिंगापुर
न्यू ज़ीलैंड। भारत। दक्षिण अफ्रीका। चीन

हिन्द पॉकेट बुक्स, पेंगुइन रैंडम हाउस ग्रुप ऑफ़ कम्पनीज़ का हिस्सा है,
जिसका पता global.penguinrandomhouse.com पर मिलेगा

पेंगुइन रैंडम हाउस इंडिया प्रा. लि.,
चौथी मंजिल, कैपिटल टावर -1, एम जी रोड,
गुड़गांव 122 002, हरियाणा, भारत

पेंगुइन
रैंडम हाउस
इंडिया

प्रथम संस्करण हिन्द पॉकेट बुक्स द्वारा 2002 में प्रकाशित
यह संस्करण हिन्द पॉकेट बुक्स में पेंगुइन रैंडम हाउस द्वारा 2022 में प्रकाशित

10 9 8 7 6 5 4 3 2

इस पुस्तक में व्यक्त विचार लेखक के अपने हैं, जिनका यथासंभव तथ्यात्मक सत्यापन किया गया है, और इस संबंध में प्रकाशक एवं सहयोगी प्रकाशक किसी भी रूप में उत्तरदायी नहीं हैं।

ISBN 9789353493127

मुद्रकः रेप्रो इंडिया लिमिटेड

www.penguin.co.in

FSC www.fsc.org
MIX
Paper from responsible sources
FSC® C047271

This is a legitimate digitally printed version of the book and therefore might not have certain extra finishing on the cover.

क्रम

जीवन-कथा

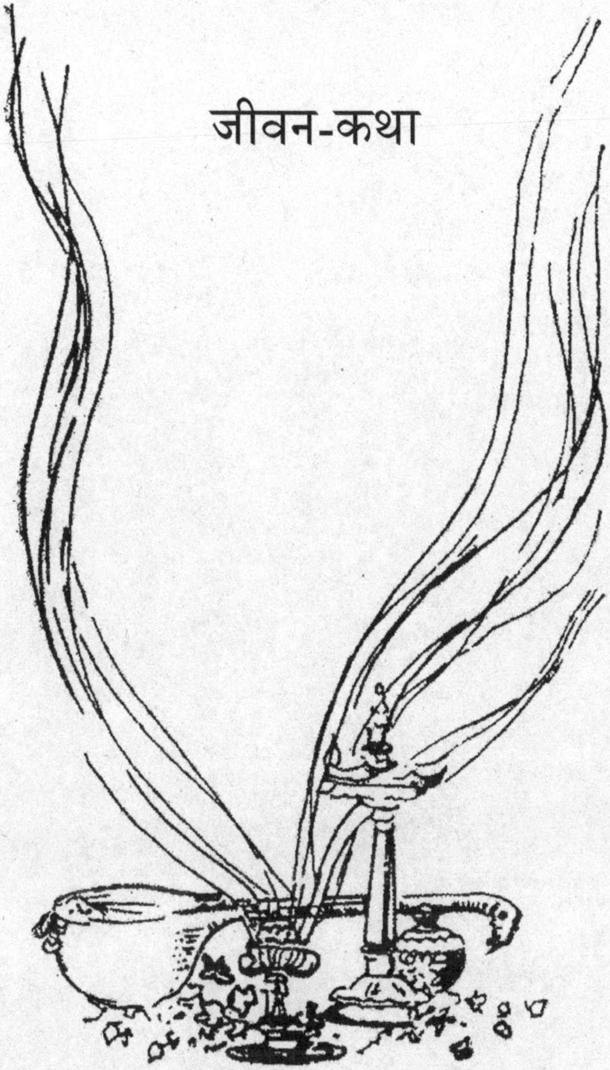

शैख़ फ़रीद की जीवनी

बाबा फ़रीद का पूरा नाम फ़रीदुद्दीन मसऊद है। धर्मोपदेशक होने के कारण वे शैख़ कहे जाते हैं, लोक-चेतना में वे आदर से बाबा के नाम से याद किए जाते हैं। वे भारत के चार सिरमौर चिश्ती सूफ़ियों में से एक हैं। उनसे पूर्व शैख़ मुईनुद्दीन सिजज़ी अजमेर में डेरा डाल चुके थे। उन्हीं के उत्तराधिकारी थे शैख़ कुतबुद्दीन बख़्त्यार काकी। शैख़ काकी के मुरीद हुए शैख़ फ़रीद। शैख़ फ़रीद से दिल्ली के सुविख्यात शैख़ निज़ामुद्दीन औलिया दीक्षित हुए। भारत में इस्लाम का लोकरूप स्थापित एवं विकसित करने में इन चार सूफ़ी फ़क़ीरों की भूमिका सर्वोपरि है। शैख़ फ़रीद के मुर्शिद शैख़ कुतबुद्दीन बख़्त्यार काकी और उनके मुर्शिद शैख़ मुईनुद्दीन सिजज़ी, दोनों ही जन्म से विदेशी थे, किन्तु वे एक बार भारत में आए तो यहीं के हो रहे। शैख़ फ़रीद जन्म और मरण, दोनों से ही विशुद्ध भारतीय थे। उन्होंने इस्लाम के जिस रूप का प्रचार और प्रसार किया उसकी मानसिकता में भारतीयता समाई हुई है।

बाबा के अतिरिक्त लोग उन्हें शकरगंज अथवा गंज-ए-शकर के अभिधान से भी पुकारते थे। शकरगंज से अभिप्राय है शकर का ख़ज़ाना। इस सम्बन्ध में बाबा जी के नाम के साथ कई किंवदन्तियां जुड़ी हुई हैं। एक किंवदन्ती है कि एक बार उन्होंने रोज़े का इफ़तार मिट्टी से किया। उनके मुंह में मिट्टी शकर बन गई। उस समय उनके गुरु कुतबुद्दीन

बख़्त्यार काकी ने उन्हें आशीर्वाद दिया, "...जाओ, शकर के समान सदा मीठे रहोगे। यही कारण है जनाब शैख़ानशैख़ फ़रीदुद्दीन को लोग शकर बार (शकर बसानेवाला) अथवा गंज-ए-शकर (शकर का ख़ज़ाना कहते हैं।" यह किंवदन्ती हज़रत निजामुद्दीन औलिया के कथन के रूप में 'सीअरुल औलिया' नामक पुस्तक में दर्ज है। एक अन्य किंवदन्ती के अनुसार उनकी मां हर रात उनके सिरहाने शकर रख दिया करती थीं, ताकि वे जब नमाज़-ए-सुबह अदा कर लें तो उन्हें खाने को शकर मिले। जब बेटा पांचों नमाज़ का आदी हो गया तो मां ने शकर रखना बन्द कर दी। किन्तु बालक मसऊद (जन्म-नाम) नमाज़ पढ़ लेते तो उन्हें अपने सिरहाने शकर पहले की तरह ही रखी मिलती। इन किंवदन्तियों द्वारा फ़रीद शंकरगंज के चरित्र पर विश्वसनीय प्रकाश पड़ता है। किंवदन्तियां तो किसी महापुरुष के चरित्र को अतिरिक्त सन्तुष्टि देती हैं। आधुनिक काल में ऐसी किंवदन्तियों पर विश्वास न करनेवाले लोग अनेकों मिलेंगे, किन्तु उनके मीठे उपदेशों को नकारा नहीं जा सकता। बाबा फ़रीद जैसे मुख में शकर रखकर बोलते थे। 'सीअरुल औलिया' से ही उनके उपदेशों के कुछ टुकड़े यहां उद्धृत करना समीचीन प्रतीत होता है :

1. विद्वान सर्वश्रेष्ठ है, किन्तु फ़क़ीर लोग श्रेष्ठतम हैं।
2. शरीर की मांगें पूरी न करो, क्योंकि उसका मुंह बहुत खुला है।
3. अन्दर को बाहर की अपेक्षा सुथरा रखो।
4. जो तुमसे भय मानता है, तुम उससे भय मानो।
5. अतिथि को बेगाना न समझो।
6. यदि तुम नीच और बदनाम नहीं बनना चाहते, तो किसी से लड़ाई न करो।
7. यदि आदर-सम्मान की इच्छा है तो ग़रीबों के बीच बैठो।
8. सुख-शान्ति चाहते हो, तो ईर्ष्या छोड़ दो।
9. मौत को कहीं और कभी मत भूलो।
10. नया वस्त्र पहनना कफ़न पहनने के तुल्य है।

भक्तजन भगवद्भक्ति और लोकसेवा में इस हद तक लीन हो जाते हैं कि अपने सम्बन्ध में कोई विवरण छोड़ने का वक़्त उन्हें मिलता ही नहीं। स्वभावतः जन्म-मरण की तिथियों एवं उनके जन्म-स्थान आदि के

विषय में भ्रांतियां पैदा हो जाती हैं। फ़क़ीरों के लिए इन तिथियों का कोई मूल्य नहीं, किन्तु उनका स्मरण करनेवाले ऐसे तथ्यों के सम्बन्ध में सामग्री जुटाना चाहते हैं। फ़रीद बारहवीं शताब्दी में पैदा हुए, उनकी मृत्यु तेरहवीं शताब्दी में हुई, उनका जन्म का नाम मसऊद था। फ़रीद नाम उन्हें अपने मुर्शिद कुतबुद्दीन बख़्त्यार काकी से मिला, 'लक़ब' अथवा पदवी में। कालावधि में वे फ़रीदुद्दीन ही रह गए, मसऊद को लोग भूल गए। उनका जन्म-स्थान मुलतान (पाकिस्तान) के निकट कोई गांव है। इन मोटे-मोटे तथ्यों के विषय में मतैक्य हैं, किन्तु तिथियों और गांव के नाम के बारे में मतवैभिन्न्य भी है। एक ही गांव को कोई विद्वान खोतवाल कहता है कोई खोतीवाल। खोटेवाल, खानेवाल, कहोवाल कहनेवाले विद्वान भी हैं। इस प्रकार की अटकलें उन विद्वानों की हैं जिन्हें स्वयं उस गांव के आस-पास जाने का भी सुअवसर नहीं मिला। पंजाब विश्वविद्यालय, लाहौर के प्राध्यापक श्री मुहम्मद आसिफ़ ख़ां ने इस गांव का नाम कोठेवाल सुनिश्चित किया है। उनका कथन है : "बाबा फ़रीद ने कोठेवाल नामक गांव में जन्म लिया था। यह गांव आज भी मौजूद है और मुलतान से दस-बारह मील की दूरी पर सन्त बुधला सड़क पर स्थित है। यहां की एक मस्जिद में बाबा फ़रीद के पिता जमालुद्दीन सुलेमान और चाचे मुअज़ुद्दीन की क़ब्रे हैं।"

बाबा फ़रीद की जन्म-मरण तिथियों पर भी मतैक्य नहीं है। बाबा फ़रीद के जीवन पर सर्वाधिक प्रामाणिक पुस्तक सीअरुल औलिया में उनके मरण-वर्ष का उल्लेख है और उनकी दीर्घायु (95 वर्ष) का भी। किन्तु इस तिथि पर भी आक्षेप है और इस प्रसंग को प्रक्षिप्त माना जाता है। श्री मुहम्मद आसिफ़ समूची प्राप्त सामग्री की छानबीन करने पर इस निष्कर्ष पर पहुंचे हैं कि बाबा फ़रीद सन् 1188 ई. में पैदा हुए और उनकी मृत्यु 1280 ई. में हुई। इन पंक्तियों के लेखक को भी यही तिथियां प्रामाणिक प्रतीत होती हैं। संक्षेप में, बाबा फ़रीद का जन्म 1188 में, मुलतान शहर के निकट कोठेवाल ग्राम में हुआ। लम्बी आयु व्यतीत करने के पश्चात वे सन् 1280 ई. में दिवंगत हुए।

फ़रीद के पूर्वजों में ख़लीफ़ा हज़रत उम्र का नाम लिया जाता है। एक विख्यात विद्वान (मैक्स आर्थर मैकालिफ़) के मतानुसार फ़रीद के

पूर्वजों की शृंखला में राजे और राजकुमार हैं तथा स्वयं मक्का के पैग़म्बर मुहम्मद साहिब के चाचा का भी फ़रीद के पूर्वजों से सम्बन्ध जोड़ने का प्रयास किया जाता है। फ़रीद की परिवार-शृंखला में काबुल के बादशाह का नाम भी शामिल है। इन कुर्सीनामों पर विश्वास नहीं किया जा सकता। इस प्रकार के कुर्सीनामों के अस्तित्व का प्रमुख कारण तो स्वयं बाबा फ़रीद की ख्याति है। किसी पहुंचे हुए फ़क़ीर का नाम किसी सम्राट या पैग़म्बर मुहम्मद साहिब के किसी सहाबी के साथ जोड़ने की प्रवृत्ति आज भी है। संक्षेप में, इतना-भर मान लेना उचित होगा कि फ़रीद के पूर्वज भगवान से प्रेम करनेवाले थे। फ़रीद की ख्याति उनके अपने कार्य-कलाप पर आधृत है, उन्हें उनकी उत्तमता सिद्ध करने के लिए किसी अन्य महामानव का आश्रय लेने की आवश्यकता नहीं।

फ़रीद की माता करसूम बीबी (अथवा मरियम) बहुत खुदापरस्त थीं। उनके नाम के साथ भी बहुत-सी किंवदन्तियां जुड़ी हुई हैं। वह पवित्रात्मा और साधूस्वभाव सुगृहिणी थीं। सारी रात भगवान के सुमिरन में काट देती थीं। एक बार उनके घर में एक चोर घुस आया और घुसते ही अपनी आंखों की ज्योति खो बैठा। वह घर में दाख़िल तो हो गया किन्तु उसे बाहर निकलने का रास्ता दिखाई नहीं दिया। सारी रात अन्धावस्था में ही घर के किसी कोने में वह पड़ा रहा। प्रातःकाल माता ने उसे ऐसी निरीह दशा में देखकर पूछा, "कौन हो और यहां किस काम से आए हो?" चोर ने उत्तर में कहा, "चोर हूं, चोरी की नीयत से आया था, किन्तु दृष्टि गंवा बैठा हूं। अब आप ही मेरा अपराध क्षमा करें और दृष्टि प्रदान करें। पश्चात्ताप करता हूं। फिर कभी चोरी न करने का वचन देता हूं।" माता ने चोर के हित में भगवान से प्रार्थना की। भगवान ने माता की विनती स्वीकार कर ली और चोर को पुनः नेत्र-ज्योति प्राप्त हुई।

इन किंवदन्तियों की तथ्यपरक प्रामाणिकता सिद्ध नहीं की जा सकती। ये इतिहास की सामग्री नहीं, मिथक हैं। इन्हीं की भित्ति पर किसी समाज अथवा संस्कृति का आन्तरिक दृश्य उजागर होता है। फ़रीद की माता बहुत खुदापरस्त थीं, इतना कह देने से ही माता की अन्तरात्मा का बिम्ब हम तक नहीं पहुंच पाता। उपर्युक्त मिथक या इसी प्रकार

के अन्य मिथकों, किंवदन्तियों इत्यादि की सहायता से ही माता की स्वच्छता का स्पष्टतया आभास हो पाता है। फ़रीद जैसे महापुरुष इतिहास से कहीं अधिक हमारे अन्तर्मन में बसे हैं और अन्तर्मन की गहराई स्वप्न सदृश मिथकों द्वारा ही मापी जा सकती है। कदाचित ही कोई धर्म हो जिसके महापुरुषों के नाम के साथ चमत्कारी घटनाएं सम्बन्धित न की गई हों।

बाबा फ़रीद ने प्रारम्भिक शिक्षा मुलतान में प्राप्त की। उन दिनों शिक्षा मस्जिद के मक्तब से प्राप्त की जाती थी। मुलतान, उन दिनों, इस्लामी शिक्षा का केन्द्र था। बाहर से आकर बहुत-से मौलवी और सूफ़ी फ़क़ीर यहां बसे हुए थे। हृदय और मस्तिष्क, दोनों के विकास के लिए यहां अनुकूल वातावरण था। यहीं बाबा फ़रीद का सम्पर्क कुतबुद्दीन बख़्त्यार काकी से हुआ। यह प्रथम मिलन फ़रीद के जीवन में एक महत्त्वपूर्ण मोड़ सिद्ध हुआ। फ़रीद नाफ़े नाम की एक पाठ्य पुस्तक पढ़ रहे थे। कुतबुद्दीन ने पूछा, "तालिबे-इल्म, क्या पढ़ रहे हो?" फ़रीद का सहज उत्तर था, "नाफ़े।" प्रत्युत्तर मिला, "पढ़ते रहो, इससे तुम्हें नफ़ा (लाभ) प्राप्त होगा।" कभी-कभी एक शब्द ही किसी के जीवन में क्रान्तिकारी परिवर्तन लाने के लिए पर्याप्त होता है। नाफ़े, खुदा का सिफ़ाती नाम है। इसका अर्थ है लाभ-प्रदाता। फ़रीद और कुतबुद्दीन बख़्त्यार काकी के बीच इस संक्षिप्त-से वार्तालाप ने ज्ञान का दीया फ़रीद के मस्तिष्क में जला दिया। यहीं से उनके मन में मुर्शिद-मुरीद अथवा गुरु-शिष्य सम्बन्ध का बीजारोपण हुआ। बालक मसऊद तो उसी समय शैख़ कुतबुद्दीन बख़्त्यार काकी के साथ दिल्ली रवाना होने के लिए तत्पर था, किन्तु शैख़ साहिब नहीं माने, उन्होंने परामर्श दिया कि "पहले 'ज़ाहरी इल्म' हासिल करो और बाद में मेरे पास आना, बेइल्म दरवेश शैतान का मसख़रा होता है।"

कहते हैं कि फ़रीद शिक्षा-दीक्षा के लिए भारत से बाहर भी गए। हर काल में विदेश जिज्ञासुओं को अपनी ओर आकर्षित करता रहा है। भारत में भी दीनियात के ज्ञाता और गुरु थे, किन्तु फ़रीदकालीन जिज्ञासु इस्लाम का प्रामाणिक स्पर्श प्राप्त करने के लिए उन देशों में जाने के लिए उत्सुक थे, जहां इस्लाम मन, बुद्धि और व्यवहार में रसा-बसा हुआ

था। उन देशों के किरदार (करनी) और गुफ़्तार (कथनी), दोनों में ही इस्लाम सहजरूपेण अभिव्यक्त होता था। ऐसी सूचना है कि वे पांच वर्ष तक कन्धार रहे। बग़दाद उन दिनों अरबी और इस्लामियात का गढ़ था। ईरान, अफ़गानिस्तान तथा हिन्दुस्तान आदि देशों से विद्यार्थी वहां अरबी और इस्लामी फ़लसफ़े का दरस (दीक्षा) हासिल करने जाते थे। विद्यार्थी फ़रीद ने भी वहां दीनियात-इस्लामियात की बाक़ायदा शिक्षा प्राप्त की।

शैख़ कुतबुद्दीन बख़्त्यार के सम्पर्क में आकर फ़रीद कठोर तपस्या की ओर उन्मुख हुए। उनकी तपस्या से सम्बन्धित सूचना भी किंवदन्तियों के माध्यम से हम तक पहुंचती है। उन्होंने कुएं में उलटे लटककर ख़ुदा का विरद किया। कई-कई दिन भूखे रहकर भी उन्होंने अपने-आप को यादे-खुदा में लगाए रखा। कमर में काठ की रोटी बांध ली ताकि भिक्षा की रोटी मांगने की मजबूरी से बचा जा सके। तपस्या के दिनों वृक्षों के पत्ते खाकर भी पेट भरा। तन सूखकर अस्थिपंजन हो गया। हर किंवदन्ती के साथ उपदेश का कोई तत्त्व जुड़ा रहता है। कई दिन वृक्षों के पत्ते खाकर और तपस्या में लीन रहकर फ़रीद घर लौटे तो उनके केश आपस में उलझ गए थे। मां उनके केश सुलझाने लगीं तो फ़रीद ने कहा, "मां, केश धीरे-से सुलझाओ।" मां ने कहा, "बेटा, मेरे हाथ छूने से तेरे केश पीड़ा महसूस करते हैं, कभी उन वृक्षों का दुःख महसूस किया है जिनके पत्ते तोड़कर तू खा जाता रहा है।" इन कथाओं का विस्तृत उल्लेख यहां करना उचित न होगा। मिथकें एवं किंवदन्तियां किसी भी धर्म की रूह हैं। धर्म का प्रामाणिक सम्प्रेषण लोक-कथाओं आदि से ही होता है।

फ़रीद कठोर तपस्वी ही नहीं थे, नेक इनसान भी थे। लोगों तक उनकी ख्याति पहुंच ही नहीं रही थी, स्वीकृत भी हो रही थी। दिल्ली में अपने मुर्शिद शैख़ कुतबुद्दीन बख़्त्यार काकी से भली प्रकार दीक्षित होकर वे यहां से चले। उन्हें बड़े शहर की धक्कमपेल पसन्द न आई। कुछ दिनों के लिए वे हांसी (हरियाणा) चले आए। कुछ लोग हांसी की बजाय झांसी का उल्लेख करते हैं। हांसी (अथवा झांसी) से वे पंजाब की ओर लौटे। रास्ते में फ़रीदकोट नाम का शहर है। फ़रीद की ख्याति लोकात्मा में इतनी गहरी जड़ जमा चुकी है कि फ़रीदकोट के लोग इसे

बाबा फ़रीद के ही नाम से सम्बन्धित करते हैं। इन लोगों के फ़रीद विषयक विश्वास लोक-कथाओं, किंवदन्तियों आदि पर आधृत हैं। इस शहर में मोकल नाम के राजा का दुर्ग बन रहा था। दरवेश बेगार के लिए पकड़ लिए गए। बाबा जी को सिर पर बोझ उठाने पर बाध्य किया गया। किन्तु, बोझ तो उनके सिर को छूता ही नहीं था, सिर के ऊपर हवा में तैरता-सा दिखाई देता था। बाबा फ़रीद एक चमत्कारी महापुरुष के रूप में पहचान लिए गए। यहां के शासक, मोकल ने शहर का नामकरण करते हुए इस महापुरुष को ही प्रमुखता दी। जिस शहर का नाम 'मोकलपुर' रखा जाना था, वह फ़रीदकोट के नाम से स्थापित और विख्यात हुआ।

दिल्ली से चलकर बाबा फ़रीद ने अजयवर्धन अथवा अजोधन (साहीवाल, पाकिस्तान) नामक ग्राम में अपना डेरा स्थापित किया। जब बाबा जी ने इस स्थान को अपने निवास के लिए चुना तो यहां बस्ती कम और वीरानापन अधिक था। ख़्वाजा बख़्त्यार काकी ने ही शैख़ फ़रीद को जंगल में डेरा डालने का परामर्श दिया। उन्होंने आशीर्वाद भी दिया कि जंगल के दुःख-दर्द तेरे दोस्त बन जाएंगे। जंगल के शेर तेरे इर्द-गिर्द हिरन की तरह घूमेंगे। सूफ़ी दरवेश लोक-सेवक थे किन्तु यथासम्भव घनी आबादी की गहमा-गहमी से दूर रहना पसन्द करते थे। वहां वे अपने मुरीदों को शिक्षा-दीक्षा भी देते थे और जनसाधारण को उपदेश भी। अजोधन विद्वत्ता और पवित्रता का केन्द्र बन गया और पाकपत्तन (पवित्र नगर) के नाम से प्रसिद्ध हुआ। पत्तन दरिया के किनारे वह स्थान होता है जहां से दरिया पार करने के लिए नाव चलती है और मल्लाह लोगों को पार उतारने के लिए सदा तैयार मिलते हैं। अजोधन ऐसा ही पत्तन घाट है, बाबा फ़रीद लोगों को भवसागर से पार उतारनेवाले पातनी (मल्लाह) के रूप में विख्यात हुए। इसी स्थान पर शैख़ निज़ामुद्दीन औलिया बाबा फ़रीद के मुरीद हुए। बाबा फ़रीद दीपक-गुरु थे जिन्होंने अपनी साधना से अर्जित ज्ञान अपने शिष्य को दिया और दीये से दीया जलाने की परम्परा का पालन किया।

बाबा फ़रीद स्वयं अनुभवी सूफ़ी दरवेश ही नहीं थे, अपने ज्ञान, अनुभव और व्यक्तित्व द्वारा दूसरों को दीक्षित करनेवाले मुर्शिद, गुरु भी

थे। उनका डेरा एक ख़ानक़ाह था जहां मुरीदों के लिए मदरसा (पाठशाला) भी था। मुर्शिद इस मदरसे का केन्द्र बिन्दु था। शिष्य उसके निकट सम्पर्क में रहते थे। पाठ्यक्रम का निर्णय मुर्शिद ही करता था, समूचा अध्ययन उसी की देख-रेख में होता था। मदरसा एक प्रकार की ख़ानक़ाह अथवा आश्रम था। ख़ानक़ाह को जमातखाना (कक्षा) भी कहा जाता था। शिष्य वही बन पाते थे जिन्होंने दरवेशी जीवन पूर्णतः अपना लिया हो। शिष्य दिन-रात ख़ानक़ाह में ही रहते थे, उठते-बैठते, सोते-जागते, वे पाठशाला के निरन्तर शिष्य थे। सम्पूर्ण समर्पण आध्यात्मिक शिक्षा-दीक्षा की अनिवार्य शर्त थी। पांचों वक्त नमाज़ शिक्षा-पद्धति का अनिवार्य अंग था।

आधुनिक शिक्षा में निरन्तरता अथवा एकाग्रता के लिए कोई स्थान नहीं। इसीलिए आधुनिक शिक्षा खंडित प्रक्रिया बनकर रह जाती है।

पाक पत्तन की ज़ियारत के लिए धार्मिक शैख़ और जनसाधारण तो आते ही थे, कभी-कभी कोई शासक भी वहां पहुंचकर आशीर्वाद के लिए याचना करता था। सुलतान बलवन भी इस ख़ानक़ाह की ज़ियारत के लिए आया था। उसने बाबा फ़रीद को बहुत-सा सोना भेंट करना चाहा, किन्तु बाबा ने इसे स्वीकार न किया। उसने कुछ गांव भी शैख़ फ़रीद को भेंट में देने चाहे, किन्तु बाबा जी ने यह भेंट स्वीकार न की और कहा—

बादशाह हमें कुछ गांव देकर ज़ेरे-एहसान करना चाहता है,

परवरदिग़ार हमें रिज़क भी देता है और एहसान भी नहीं जताता।

उनके उपदेशों में प्रमुख बल ग़रीबी पर था। उनका कथन है : "यदि महापुरुष बनने की अभिलाषा है, तो बादशाह की ओर मत झांको।"

ख़ानक़ाह की ज़रूरतें जनसाधारण के दान-दक्षिणा से पूरी होती थीं। बाबा फ़रीद कल के लिए कुछ भी बचाकर न रखते। जो कुछ प्राप्त होता, उसी दिन ख़र्च कर देते अथवा बांट देते। कल के लिए बचाने का अर्थ होता कि हमें परवरदिग़ार की कृपा पर विश्वास नहीं, विपुल ख्यातिवाले फ़क़ीर की ख़ानक़ाह में सदा ग़रीबी छाई रहती। उनके पट्ट शिष्य हज़रत निज़ामुद्दीन औलिया का कथन है कि "एक बार बिना भोजन खाए ही सो जाना पड़ा।" इस सम्बन्ध में उनका एक श्लोक उद्धृत करना उचित

प्रतीत होता है :

> **रूखी सूखी खाइ के ठंडा पानी पीउ।**
> **फ़रीदा देखि पराई चोपड़ी ना तरसाए जीउ ॥**

अर्थात, रूखी-सूखी रोटी खाकर और ठंडा पानी पीकर सन्तुष्ट रहो। तपस्वी के लिए यही भोजन पर्याप्त है। किसी धनवान का चुपड़ा स्वादिष्ट खाना देखकर अपना जी मत तरसाओ।

फ़रीद का एक पुत्र भुखमरी से चल बसा, पत्नी विलाप करने लगी तो बाबा ने फ़रमाया : "खुदा का ग़ुलाम, शैख़ फ़रीद, खुदा के हुकुम को भला कैसे रोक सकता है। तेरा बेटा जहाने-फ़ानी से कूच कर गया, इसे दफ़ना दो।" एक बार उनका नौकर किसी से एक पैसा उधार लेकर भोजन के लिए नमक ख़रीद लाया। किन्तु फ़रीद ने नमकीन खाना खाने से इनकार कर दिया और कहा, "उधार के पैसे से इस तरह की अय्याशी गुनाह है।"

बाबा फ़रीद की ख्याति दूर तक फैली ही नहीं, लम्बे समय तक अक्षुण्ण भी बनी रही। बाबा फ़रीद के निधन (1280 ई.) के लगभग दो-ढाई सौ वर्ष बाद गुरु नानक (1469-1539 ई.) बाबा फ़रीद के मज़ार पर गए और तत्कालीन सज्जादानशीन शैख़ इब्राहीम से शैख़ फ़रीद की पंजाबी रचनाओं की पांडुलिपि प्राप्त की और इसे अपनी निजी पोथी में शामिल किया। शैख़ फ़रीद और बाबा नानक, दोनों ही अक्षर प्रेमी थे और ज्ञान के निरन्तर प्रसार पर बल देते थे। यदि बाबा फ़रीद मुर्शिद-मुरीद परम्परा का अनुसरण करते थे तो गुरु नानक ने धर्मपालन को गुरु-शिष्य परम्परा का रूप दिया। बाबा फ़रीद के उपदेश में शिक्षा का अनिवार्य महत्त्व है। बाबा फ़रीद कहते हैं :

1. अज्ञानी (अनपढ़) को जीवित मत समझो।
2. अज्ञानी (अनपढ़) को अपने से दूर ही रखो।

विद्यार्जन के लिए तपस्या अत्यन्त आवश्यक है। उनकी एक अरबी रुबाई का अनुवाद इस प्रकार है :

यदि केवल इच्छा-मात्र से विद्या प्राप्त हो जाती तो दुनिया में कोई मूढ़ नहीं रहता;

ज्ञान-प्राप्ति के लिए निरन्तर परिश्रम करते रहो;
आलस्य त्यागो, उदासीन मत हो जाओ;
आलसी और निकम्मे आदमी को परलोक में पछताना होगा।

गुरु नानक शैख़ फ़रीद के सज्जादानशीन (गद्दीधारी) शैख़ इब्राहीम से दो बार मिले। दोनों के बीच लम्बे वार्तालाप होते रहे जिनका प्रामाणिक उल्लेख जन्मसाखियों में मिलता है। आज विश्वास है कि गुरु नानक ने शैख़ इब्राहीम से शैख़ फ़रीद की पंजाबी रचनाओं की हस्तलिखित प्रति प्राप्त की और इसे अपनी पोथी में शामिल किया। गुरु नानक के माध्यम से यही रचनाएं पंचम गुरु अर्जुनदेव तक पहुंचीं और उन्होंने इन्हें आदरपूर्वक आदि गुरुग्रन्थ में अंकित किया। आदि गुरुग्रन्थ में अंकित फ़रीद-वाणी ही उनकी प्रामाणिक रचना मानी जाती है। एक बार जो रचना आदि गुरुग्रन्थ में अंकित हो गई, वह अविकल बनी रही। गुरुग्रन्थ के श्रद्धालुओं को इसमें अक्षर, मात्रा आदि का परिवर्तन भी सह्य नहीं। बाबा फ़रीद के कुछ मल्फ़ूजात (प्रवचन) फ़ारसी भाषा में भी मिलते हैं, कुछ छिटपुट पद अरबी और उर्दू में भी उनके नाम से सम्बन्धित बताए जाते हैं, किन्तु उनकी प्रामाणिकता इतनी असन्दिग्ध नहीं जितनी आदि गुरुग्रन्थ में सुरक्षित पंजाबी वाणी की है। आदि गुरुग्रन्थ में अंकित रचना में कल 112 श्लोक और 4 पद हैं। इस रचना की वाणी गुरुकालीन भाषा के इतना निकट है कि कुछ लोगों के लिए यह आश्चर्य का विषय हैं। शैख़ फ़रीद (1188-1280 ई.) और गुरु नानक (1469-1539 ई.) में लगभग दो-तीन शताब्दियों का अन्तर है। इस कालावधि में फ़रीद वाणी में कुछ भाषागत परिवर्तन होने की सम्भावना से इनकार नहीं किया जा सकता, किन्तु गुरु नानक ने उसे जिस रूप में प्राप्त किया, उसी रूप में आदि गुरुग्रन्थ (सम्पादन : 1604 ई.) में शामिल की गई मानी जाती है। उसके उपरान्त इस वाणी में किसी प्रकार के परिवर्तन की कल्पना भी नहीं की जा सकती। यह वाणी शैख़ फ़रीद और गुरु नानक, दोनों के सर्वधर्म सद्भाव की परिचायक है। फ़रीद वाणी को गुरु नानक ने स्वयं प्राप्त किया और गुरु अर्जुनदेव ने उसे गुरुग्रन्थ में स्थान देकर उसके प्रति उच्चतम सम्मान अभिव्यक्त किया। इससे : बाबा फ़रीद की जातिगत सीमाओं को लांघकर जन साधारण तक पहुंचनेवाली ख्याति का सहज

अनुमान हो जाता है। स्वयं गुरु नानक भी अपनी यात्राओं में अनेक मत-मतान्तरों के साधु-सूफ़ियों से मिले। उनकी सर्वसद्भावना का अन्दाज़ा उनके जीवन-वृत्तान्त के अनेक खंडों से लगाया जा सकता है।

उदाहरणार्थ एक कथा पर्याप्त होगी। एक बार गुरु नानक मुलतान में रहनेवाले मुस्लिम फ़क़ीरों से मिलने गए। मुलतान चार चीज़ों के लिए प्रसिद्ध था :

चहार चीज़ तोहफ़ा अज़ मुलतान।
गर्द, गरमी, गदा-ओ-गोरिस्तान ॥

अर्थात, मुलतान चार चीज़ों के लिए विख्यात है : धूल, गरमी, फ़क़ीर और क़ब्रिस्तान।

जब मुलतान के फ़क़ीरों को पता चला कि एक और फ़क़ीर इसी शहर में आ रहा है, तो इकट्ठा होकर गुरु जी से मिलने नगर-सीमा तक आ पहुंचे। उन्होंने गुरु जी को दूध का लबालब भरा कटोरा पेश किया। इस दूध के कटोरे की सूक्ष्म उपलक्षणा यह थी कि यह नगर तो पहले ही फ़क़ीरों से भरा है, एक और फ़क़ीर के लिए यहां जगह नहीं। गुरु जी ने बगल से चमेली की कली निकाली और कटोरे की सतह पर रख दी। वह दूध नहीं छलका, गुरु जी का लक्षणात्मक प्रत्युत्तर था, हम यहां किसी फ़क़ीर को उसके स्थान से निर्गत नहीं करेंगे, दूध में चमेली की सुगन्ध की तरह प्रभु-भक्ति के वार्तालाप करके चले जाएंगे।

फ़रीद की वाणी का गुरुग्रन्थ में शामिल किया जाना हमारे धार्मिक इतिहास में एक विलक्षण, बल्कि चमत्कारी, घटना है। फ़रीद सुन्नी मुसलमान थे, पांच वक्त के नमाज़ी। उनकी प्रेरणा से अनेकानेक लोग इस्लाम के दायरे में प्रविष्ट हुए। ऐसे सूफ़ी की रचना को आदिग्रन्थ में अंकन निश्चय ही क्रान्तिकारी निर्णय था। बाबा फ़रीद इस्लामिक शरह के पाबन्द थे। उनकी रचना से कुछ उदाहरण प्रस्तुत हैं :

फ़रीदा बेनिवाजा कुतिआ एह भली रीति।
कब ही चलि न आइआ पंजे वखत मसीति ॥

अर्थात, अरे कुत्ते, यह भली रीति नहीं; नमाज़ पढ़ने के लिए पांच

वक़्त का विधान है और तू कभी एक बार भी नमाज़ अदा करने के लिए मस्जिद तक चलकर नहीं आया।

उठ फ़रीदा उज़ू साजि सुबह निवाज़ गुजारि।
जो सिर सांई ना निवै सो सिर कपि उतारि॥

अर्थात, भाई फ़रीद, उठ वुज़ू कर, मुंह, हाथ, पांव धो और नमाज़-ए-सुबह अदा कर। जो सिर अपने मालिक के सामने नहीं झुकता, उसे काटकर फेंक दे।

इस तरह के पद फ़रीद वाणी में बहुत कम, अपवाद रूप हैं। उनकी जीवन-दृष्टि का बल, इतना धार्मिक कर्मकांड के पालन पर नहीं, जितना मानव-प्रेम पर है। वे शरह के पाबन्द हैं, किन्तु कट्टर पन्थी नहीं। गुरु नानक की दृष्टि सर्वधर्म स्वीकृतिवाली थी। वे इस्लाम मज़हब का पालन करनेवालों के प्रति उदार थे। उनका एक पद लीजिए :

मुसलमाणु कहावणु मुसकलु,
जा होई ता मुसलमान कहावै।
अर्वल अउलु दीनु कर्र मिठा
मसकल माना मालु मुसावै॥
होइ मुसलिमु दीन नुहाणै
मरण जीवण का मरम चुकावै॥
रब की रजाइ रखे सिर ऊपरि
करता मने आपु गवावै।
तउ नानक सरब जीआ मिहरमान
होइ त मुसलमाणु कहावै॥

अर्थात, मुसलमान कहलाना मुश्किल है। यदि व्यक्ति वास्तव में मुसलमान हो तभी उसे मुसलमान कहलाना चाहिए।

मुसलमान होने की पहली शर्त यह है कि वह औलियाए-दीन के बताए मार्ग पर सहर्ष चले। आत्म पर लगा अभिमान का ज़ंग वह रगड़कर उतार दे।

वह दीन के नेता (पैग़म्बर) पर ऐसा दृढ़-विश्वास रखे कि

उसके लिए मरने और जीने की भ्रांति मिट जाए। वह दोनों को एक समान समझे।

रब की रज़ा वह शिरोधार्य करे, कर्त्ता (ख़ालिक़) को माने और अहम् का नाश कर दे।

यदि वह सर्व जीवधारी पर कृपा करनेवाला हो, तभी मुसलमान कहलाने का हक़दार है।

शैख़ फ़रीद और गुरु नानक का अन्तस्संवाद दो ऐसे महापुरुषों के बीच सहज सम्प्रेषण था जो अपने-अपने पैतृक धर्म का पालन करते हुए भी साम्प्रदायिक संकीर्णताओं से परे थे।

सूफ़ी और सिख पंजाब की दो उदार धार्मिक परम्पराएं हैं। उदारता की ये दो धाराएं बहुत दूर तक एक-दूसरे के संमानान्तर बहती रहीं। अठारहवीं शताब्दी के सूफ़ी फ़क़ीर बुल्लेशाह और गुरु गोविन्द सिंह की वाणी से यहां एक-एक उदाहरण देना उपयुक्त प्रतीत होता है :

(1) मैं बेक़ैद, मैं बैक़ैद
ना रोगी, न वैद।
ना मैं मोमन, ना मैं काफ़र
ना सैयद, ना सैद।

–बुल्लेशाह

(2) देहरा मसीत सोई पूजा औ निवाज़ ओई,
मानस सबै एक, पर अनेक का भ्रमाउ है।
देवता अदेव, जच्छ गन्धर्व तुरक हिन्दू,
न्यारे-न्यारे देसन के भेस को प्रभाउ है।
एकै नैन एकै कान, एकै देह एकै बान
ख़ाक बाद आतिश, औ आब को रलाउ है।
अलह अमेख सोई, पुरान और कुरान औई
एक ही सरूप सबै, एक ही बनाउ है।

–गुरु गोविन्द सिंह

शैख़ फ़रीद और गुरु नानक, पंजाबी सूफ़ी और सिख, ईश्वरीय

अद्वैत, सामाजिक सहिष्णुता और अन्तःधर्म उदारता के प्रतीक थे। उनकी वाणी कुरूपता से पूर्णतः मुक्त थी। फ़रीद कहते थे : "इक फिका ना गालाइ सभना मैं सचा धणी" (फीका न बोल, सभी में उस एक सच्चे स्वामी का निवास है।) गुरु नानक ने कहा : "नानक फिका बोली से तन-मन फिका होई" अर्थात फीका बोलने से तन और मन, दोनों फीके पड़ जाते हैं। बोलने में ही नहीं वे लिखने में भी कुरूपता को अपने से दूर रखते थे :

फ़रीदा जे तू अकलि लतीफ़।
काले लिखु न लेख ॥
आपनड़े गिरीवान महि।
सिर नीवां करि देखि ॥6॥

अर्थात यदि तू सूक्ष्म बुद्धिवाला है, तो अपशब्द मत लिख। लिखने से पहले अपने ही अन्दर झांक ले।

बाबा फ़रीद तत्कालीन जनसाधारण में अत्यन्त लोकप्रिय थे। इसका कारण उनके चरित्र और वाणी, दोनों की विलक्षण शैली ही था। भले ही उनके पूर्वज मध्य एशिया के आवासी थे, किन्तु फ़रीद का जन्म भारत भूमि में हुआ। जनसाधारण में लोकप्रिय होने के लिए जन्म से भारतीय होना ही पर्याप्त न था। स्मरण रहे बाबा फ़रीद बारहवीं शताब्दी में पले-बढ़े। उस समय ख़ानदान-ए-गुलामां अथवा दास-परिवार का राज्य था। मुसलमान भारत में, मुख्यतः आक्रमणकारियों के रूप में इस्लाम आक्रमणकारी अपने साथ लेकर आए थे, वह इस्लाम का आदर्श रूप न था। इस्लाम का अर्थ है अपने-आप को ईश्वर के प्रति समर्पण कर देना। किन्तु उन मुसलमानों को खुदा से कहीं अज़ीज़तर था अपने मूल देश के रीति-रिवाज से मोह। उन मुसलमानों में कुछ अरब के, कुछ फ़ारस देश के और कुछ तुर्क थे। उनके नाम, वेशभूषा, भाषा, रीति-रिवाज़ एक-दूसरे से अलग थे। वे एक-दूसरे से अपने-आप को उत्तम तो मानते ही थे, भारतीय मूल के मुसलमानों को वे निकृष्ट एवं गर्हित मानते थे। तत्कालीन मुसलमान शासकों और उलेमाओं के हितों का तक़ाज़ा था कि भारत इस्लामिक एकेश्वरवाद के झंडे तले एकत्र न हो पाए। ऐसा होने

से उन्हें राजसत्ता से हाथ धोना पड़ता। वर्नी जैसे इतिहासकार तो समानता और मानवीय बन्धुत्व के सिद्धान्त को नकारते थे। उनका दृढ़ मत था कि उच्चगुण कुलीन व्यक्तियों को ही प्राप्त होते हैं। अवगुण, अनिवार्यतः निम्न कुल-जाति के लोगों के भाग्य में बदे हैं।

फ़रीद की लोकप्रियता का भेद इस बात में है कि उसने यत्नपूर्वक अपने-आप को कुलीन शासकों एवं 'अशराफ़' से दूर रखा और निम्नजातीय लोगों के साथ अपना निकट का सम्बन्ध स्थापित किया। उन्होंने अपनी जीवन-शैली भी निम्न वर्गीय एवं निर्धन लोगों जैसी अपनाई। उन्हें देखने-मात्र से ही जनसाधारण को यह विश्वास हो जाता है कि वे तो उनके ही आत्मीय हैं। कहा जाता है कि उनके प्रभावाधीन लाखों ही लोग मुसलमान बने। उनकी वाणी पर विहंगम-दृष्टि डालने से ही पता चल जाता है कि उन्होंने न तो कभी इस्लाम की प्रशंसा की और न किसी अन्य धर्म का खंडन किया। वे इस्लाम के पक्षधर के रूप में कभी नहीं बोलते। जिन मूल्यों को उन्होंने प्रचार किया वे मात्र इस्लामिक मूल्य नहीं थे, वे तो सर्वकाल में सभी धर्मों द्वारा समान रूप से स्वीकृत रहे हैं। उनके प्रभाव का मुख्य कारण यही है कि वे ग़रीब की तरह रहते, सोचते और बोलते थे।

ग़रीबी की पहचान उसकी वेशभूषा ही नहीं, उसकी गुफ़्तार अथवा अभिव्यक्ति की शैली भी है। फ़रीद स्वयं उच्चकोटि के विद्वान थे, निरक्षर व्यक्ति को वे भगवान का विदूषक मानते थे। किन्तु, उनकी वाणी में इल्मीयत अथवा विद्वता को लेशमात्र भी नहीं था। खुदा के बारे में वे ऐसे उपमानों का प्रयोग करते हैं कि साधारण मनुष्य को प्रतीत होता है जैसे वे उसके चिरपरिचित हों। उनके कथनानुसार ईश्वर पकी हुई खजूर है, शहद की धारा है (श्लोक : 89), शकर, खांड, मिसरी, गुड़, दूध से भी मीठी कोई वस्तु है। क़ुरान शरीफ़ की किसी आयत के उद्धरण प्रस्तुत करते वे दिखाई नहीं देते। काबा, रसूल, ख़लीफ़ा आदि इस्लामिक विवरण उनकी रचना में ढूंढ़े से नहीं मिलेंगे। इस्लाम के इतिहास का कोई ब्योरा उनकी रचना में नहीं। ठेठ पंजाबी भाषा में खुदा की बातें करते हैं और प्रभाव यही प्राप्त होता है, जैसे उनका भगवान प्रामाणिक देशज रचना है।

मध्यकालीन सूफ़ी-सन्त साहित्य में ऊंच-नीच का संवाद प्रायः होता ही रहता था। बाबा फ़रीद इस संवाद से अस्पृष्ट हैं। एक सहज सन्तुलन है उनकी वाणी में। निम्न के प्रति प्रेम जताने की इच्छा से वे उच्च का विरोध ज़रूरी नहीं समझते। उनकी वाणी में ऐसी उक्तियां अपवाद रूप ही हैं। साधनहीन लोगों के प्रति उनका प्रेम उनके चरित्र एवं अभिव्यक्ति से निरायास निःसृत होता है। वे जताते कुछ नहीं। वे ग़रीबों से अलग रहकर, बाहर से, ग़रीबों से सहानुभूति प्रकट नहीं करते, अपितु, वाणी, वेशभूषा में स्वयं ग़रीब बन जाते हैं। जातिगत द्वेष का वर्णन उनकी वाणी में नहीं है, स्त्री की प्रशंसा अथवा निन्दा के प्रति उदासीन हैं। वास्तव में, वे मारिफ़त की ऐसी मंज़िल पर पहुंचे हुए हैं कि "यां इम्तियाज़े नाक़िसो कामिल नहीं रहा" अर्थात पूर्ण और अपूर्ण में भेद मिट चुका है। कभी-कभी फ़रीद आलोचनात्मक प्रहार करते हैं तो अपने-आप पर अथवा अपने ही सूफ़ी मत के पाखंडियों पर, जैसे :

(1) फ़रीदा बेनिवाजा कुतिआ एह न भली रीति।
कबही चलि न आइआ पंजे वखत मसीति ॥

अर्थात, अरे कुत्ते, यह भली रीति नहीं, तू पांच वक़्तों की नमाज़ करने कभी चलकर मस्जिद तक नहीं आया।

(2) फ़रीदा कन्नि मुसला सूफ गलि दिलि काली गुड़वाति।
बाहरि दिसै चानणा दिलि अंधिआरी राति ॥

अर्थात, कन्धे पर नमाज़ पढ़ने के लिए मुसल्ला है, गले में सूफ़ियाना कफ़नी है, दिल में कैंची और मुंह में गुड़ है। चेहरे पर नूर झलकता है, किन्तु हृदय यों है जैसे अंधेरी रात।

फ़रीद की वाणी में कटु आलोचनात्मक दृष्टि के अभाव को देखकर अनायास राबिया बसरी को स्मरण हो आता है। राबिया बसरी ख़ुदा के प्रेम में डूबी रहती थी। किसी ने पूछा:

"तुम्हें शैतान से घृणा है कि नहीं ?"

राबिया ने उत्तर में कहा :

"मुझे ख़ुदा के प्रेम से ही फुरसत नहीं कि किसी अन्य से घृणा

कर सकूं।"

फ़रीद की ख़ानक़ाह के दरवाज़े इतर मतावलम्बियों के लिए खुले रहते थे। प्रोफ़ेसर के. ए. निज़ामी ने फ़्वाइद-उल-फुआद के हवाले से कहा है कि बाबा फ़रीद पहले भारतीय सूफ़ी थे जिन्हें योगियों के उपदेशों में गहरी दिलचस्पी थी। उनकी ख़ानक़ाह में योग-दर्शन और यौगिक प्रक्रियाओं का परस्पर आदान-प्रदान होता रहता है। ब्राह्मण लोगों को अपने धर्म के प्रति जो निष्काम श्रद्धा होती है, उसे आदर सहित स्वीकारने में भी उन्हें कोई संकोच न था। एक बार उन्होंने एक ब्राह्मण की कहानी सुनाई जो अपनी सारी सम्पत्ति गंवा बैठा था किन्तु प्रसन्न था क्योंकि उसका जनेऊ उसके पास बचा हुआ था।[1] आजीवन वे भारत के विभिन्न सामाजिक, भाषिक, सांस्कृतिक विचारधाराओं के समूह के बीच सेतु बनाने का प्रयास करते रहे। इस दिशा में वे भी प्रथम भारतीय सन्तों में हैं जिन्होंने भारत में संयुक्त संस्कृति की नींव रखी।[2]

शैख़ फ़रीद का वैशिष्ट्य यह है कि वे स्वयं अपनी रचना में उपस्थित रहते हैं। मात्र कृतिकार की तरह अपनी कृति से कुछ दूरी पर खड़ा रहने का चाव नहीं उन्हें। काव्य उनकी दृष्टि में ललित कला नहीं। उनके श्लोकों में काव्य-सौष्ठव की प्रतीति भी हो सकती है, किन्तु रचना-सौष्ठव उनका ध्येय नहीं। वे काव्य द्वारा एक सार्वकालिक दृष्टि का प्रसार करना चाहते हैं। प्रसार भी, कदाचित, उनका मुख्य प्रयोजन नहीं। वे काव्य द्वारा एक सार्वभौम दृष्टि जीना चाहते हैं। उनके निकट काव्य-सर्जना भी एक प्रकार की तपस्या ही है। उनके श्लोकों में अधिकांशतः वृद्धावस्था और मृत्यु का संयुक्त वर्णन मिलता है। प्रतीत होता है, उन्होंने अधिकतर श्लोकों की रचना वृद्धावस्था में की और वे मृत्यु को अपने बहुत निकट पहुंचा हुआ महसूस कर रहे थे, वृद्धावस्था ने उन्हें अत्यन्त दुर्बल कर दिया था। कहते हैं–"इन छोटी-छोटी जंघाओं द्वारा मैं मरुस्थल और पर्वतमालाओं पर घूमता रहा। आज हालत यह हो गई कि अपने पास पड़ा मिट्टी का प्याला भी मुझे सैकड़ों कोस दूर प्रतीत होता है।" (श्लोक : 20) शारीरिक दुर्बलता और निकटस्थ मरण,

1. प्रो. के. ए. निज़ामी : लाइफ़ आफ़ शैख़ फ़रीदुद्दीन गंजेशकर, पृष्ठ 112।
2. 'शैख़ फ़रीद : लाइफ़ एंड टीचिंग्ज़' में डॉ. कमरुद्दीन का लेख, पृष्ठ 28-29।

दोनों की एक साथ अनुभूति उनसे कहलवाती है, "देख फ़रीद, क्या हुआ है तेरे साथ। दाढ़ी भूरी सफ़ेद हो गई। मृत्यु निकट पहुंच गई और जीवन बहुत दूर पीछे छूटता चला जा रहा है।" (श्लोक : 9) "इस वृद्धावस्था में स्वाद बदल गया है, शकर भी विष-सी कड़वी प्रतीत होने लगी है, अपने स्वामी के अतिरिक्त अपना दुःख मैं किससे कहूं?" जैसे बाल-वर्णन में सूरदास अद्वितीय हैं, वैसे ही वृद्धावस्था-वर्णन में शैख़ फ़रीद बेजोड़ हैं। वृद्ध के शारीरिक परिवर्तन और मानसिक वेदना का जैसा व्यापक और मार्मिक चित्र फ़रीदवाणी में मिलता है, वह अन्यत्र दुर्लभ है। यह चित्र कहीं भयावह है और कहीं सुखद। कहीं पश्चात्ताप-मिश्रित वेदना है और कहीं प्रिय-मिलन की आकांक्षा से भरा-पूरा आह्लाद। इस चित्र के अन्य पक्षों पर विचार करने से पूर्व उचित प्रतीत होता है कि हम शैख़ फ़रीद की रचनाओं के आधार पर उन्हीं की आत्मछवि का परिचय प्राप्त करें। शैख़ फ़रीद शब्द चित्रकार हैं, उन्हीं के शब्दों में उनका चित्र इस प्रकार, उभरता है :

काले वस्त्र पहनकर (61) मसजिद के हुजरे में बैठा हुआ एक वृद्ध, उसके केश और दाढ़ी भूरी (9), उसकी मूंछें पीली (55), और उसकी देह का रंग बिगड़ा हुआ (11), उसके दांत टूट चुके हैं (77), कानों से कम सुनाई देता है (77), आंखों की दृष्टि भी मद्धिम पड़ चुकी है (11), तन सूखकर कांटा हो गया है (90), नितान्त अस्पिंजर-से लगते है (90), काटो तो शरीर में लहू नहीं (51), शकर के शौकीन हैं किन्तु खाते हैं तो झटपट थूक देते हैं जैसे वह कड़वी जहर हो (10), पास ही पानी का कूज़ा पड़ा है। वज़ू के लिए उठा नहीं पाते, उन्हें प्रतीत होता है जैसे वह सौ कोस दूर हो (20)।

एकाएक उन्हें प्रतीत होता है जैसे उन्हें कहीं दूर जाना है। दौर्बल्य के बावजूद वे उठते हैं और धीरे-धीरे बाहर गली में निकल आते हैं (23)। पानी बरस रहा है, गांव की कच्ची गली में कीचड़ है (23), किन्तु वे अपने गन्तव्य की ओर बढ़े जा रहे हैं। वर्षा से बचाव के लिए उन्होंने कम्बल ओढ़ रखा है (24), पानी और ज़ोर से बरस रहा है (24), कम्बल ओढ़कर, वृद्ध दरवेश धीरे किन्तु दृढ़ क़दमों से आगे बढ़ता जा रहा है। रुकना उसे स्वीकार नहीं (25)।

प्रेम-मार्ग पर चले जा रहे दरवेश की अति वृद्ध देह कांप रही है (41), दूर देश के लिए तैयार नाव पर बैठने के लिए वह घाट तक पहुंचना चाहता है। नाव भंवर में फंसी है, किन्तु दरवेश इसी नाव में सवार हो जाएगा। कहता है, नदी के इस ओर नहीं रुकूंगा। इधर दिन दुःख है, रात शूल है।

इस वृद्ध दरवेश का मनोचित्र भी बहुत मूल्यवान है। वह उम्र के ऐसे मकाम पर खड़ा है जहां से एक ओर तो उसके अपने दूर अतीत के विवरण दिखाई देते हैं और दूसरी ओर निकट भविष्य के। उसके अतीत में उन सुन्दर व्यक्तियों के चेहरे दिखाई देते हैं जिनके मोहक नयनों ने कभी समस्त संसार को मोह-पाश में बांध रखा था, आज उन नयनों के स्थान पर मात्र कोटर हैं जहां पक्षियों ने घोंसले बना रखे हैं। वे देख रहे हैं काले कुंचित केशोंवाली सुन्दरियां जो अपने यौवन और सौन्दर्य द्वारा अपने प्रिय को वशीभूत कर सकती थीं, उन्होंने वह अनुपम अवसर खो दिया, अब उनके केश भूरे-पीले पड़ चुके हैं और वे जान गई हैं कि ये सौन्दर्य-विहीन केश प्रिय को रिझा सकने में असमर्थ हैं। वे देख रहे हैं यौवन की वह उद्दाम धारा जिसके बल पर वे तपते रेगिस्तानों और हिमाच्छादित पर्वत-शिखरों को सुगमता से लांघ जाया करते थे, वे अपने सुन्दर और सशक्त दिनों को अपने हाथों से छूटता हुआ देख रहे हैं। महसूस कर रहे हैं कि असावधानी में उन्होंने अपने हाथ आए मूल्यवान मौक़े यों गंवा दिए जैसे विवाहादि अवसरों पर कोई व्यक्ति अपनी झोली पर पड़ी सारी मिठाई बांट दे और फिर सर्वथा रिक्त होकर पछताने लगे। दांत, कान, नेत्र और लातें थककर बैठ गए जैसे किसी के अनन्य मित्र उससे अचानक बिछुड़ जाए। ऐसा पार्श्व-दर्शन फ़रीद-वाणी का अद्भुत वैशिष्ट्य है :

1. **फ़रीदा जे जाणां तिल थोड़ड़े, सम्भलि बुक भरी।**
   जे जाण सहु नंढ़डा, थोड़ा माण करी ॥4॥

अर्थात, यदि मुझे पता होता कि मेरे पास तिल थोड़े हैं, तो इन्हें लुटाती नहीं, यदि मुझे पता होता मेरा प्रियतम बाल-स्वभाव का है, तो मैं कम मान करती, इतनी नाज़-नज़ाकत नहीं दिखाती।

2. **फ़रीदा इनी निकी जंघीऐ बल डूगर भविओम।**
अजु फ़रीदा कूजड़ा सै कीहां थी ओमि ॥20॥

अर्थात, इन छोटी-छोटी जंघाओं के बल मैं मरुस्थल में और पर्वतमालाओं पर घूमता रहा। आज तो अपने ही पास पड़ा मिट्टी का प्याला भी मुझे सैकड़ों कोस दूर प्रतीत होता है।

3. **फ़रीदा कली जिनी न राबिआ धउली रावै कोइ।**
कर सांई सिउ पिरहड़ी रंग नवेला होइ ॥12॥

अर्थात, जिन लोगों ने प्रियतम को तब न रिझाया जब केश काले थे, अब वृद्धावस्था में क्या ख़ाक रिझाएंगे। अब केश धवल हो चुके तो भी तू अब भी प्रिय से प्रेम कर ले। हो सकता है तेरा (और तेरे केशों का) रंग फिर से नया हो जाए।

4. **चबण चलण रतन्न, से सुणीअर बहि गए।**
हेड़े मुत्ती धाह, सो जानी चल गए ॥77॥

अर्थात, दांत, टांगें, आंखें और कान थककर बैठ गए, निःशक्त हो गए, हृदय दहाड़ मारकर रोया, प्राण से भी प्रिय मित्र मुझे छोड़कर चल दिए।

वृद्धावस्था की दूसरी ओर आख़िरत का दृश्य है जहां मरणोपरान्त जीव मनों भारी मिट्टी के नीचे निरीहावस्था में सो रहा होगा, करवट तक बदलने की शक्ति न होगी उसमें। मांस में कीड़ा लड़ जाए तो हाथ से छूने तक की भी सहूलियत न होगी। न जाने कितने युगों तक यों ही पड़ा रहना होगा। यह सोचकर निकृष्टतम वस्तु मिट्टी को भी निकृष्ट कहने का साहस नहीं होता। युगों बाद स्वयं भगवान की कचहरी में पेश होना होगा और अपने कर्मों का हिसाब देना होगा। कुकृत्य के लिए दंड भोगना होगा। क़ब्र, कचहरी और दंड, तीनों की मरणोपरान्त जीवन में अनिवार्य भूमिका है :

1. **फ़रीदा खाकु न निंदीऐ खाकू जेड न कोई।**
जीव दिआ पैरा तलै मुइआ उपरि होइ ॥17॥

अर्थात, मिट्टी की निन्दा न करो। मिट्टी-सा बड़ा और कोई नहीं। जब तक हम जीवित हैं, यह हमारे पैरों के नीचे है और मरने के उपरान्त हमारे ऊपर छा जाती है।

2. **फ़रीदा दूर सिराणे, भुइ सवण, कीड़ा लड़िओ मांस।**
केतड़िआ जुग वापरे, इकतु पइआ पास ॥67॥

अर्थात, तकिए की जगह ईंट होगी, धरती पर शयन होगा, मांस में कीड़ा काटेगा, कितने ही युगों तक एक ही करवट लेटना होगा।

3. **फ़रीदा चारि गवाइआ हंढि के चारि गवाइआ सम्मि।**
लेखा रब मंगेसीआ तूं आहों केरे कम्मि ॥38॥

अर्थात, जीवन दिवस-रात्रि के चार पहर तूने भागमभाग में गंवा दिए और चार पहर सोकर गुज़ार दिए। परमात्मा हिसाब मांगेगा कि तू किस काम के लिए इस धरती पर आया था।

4. **फ़रीदा वेखु कपाहै जिथीउना जि सिर थीआ तिलाह।**
कमदै अरु कागदै कुन्नै कोइलिआह ॥
मन्दे अनल करेदिआ एह सजाइ तिनाह ॥49॥

अर्थात, फ़रीद, देख कपास पर क्या बीती? (वह बेली गई, धुनी गई, काती गई), ईख के साथ क्या हुआ (बेलने में बेला गया)। क़ागज की क्या दशा हुई (वह गलाया गया), हंडिया को क्या भोगना पड़ा (वह तपाई गई), कोयलों का क्या हाल हुआ (वे जलाए गए)। कुकर्म करनेवालों को ऐसा ही दंड मिलता है।

शैख़ फ़रीद खुदा-परस्त अथवा प्रभु-भक्त हैं। उनकी वाणी पढ़कर उन्हें किसी सम्प्रदाय से सम्बन्धित कर सकना बहुत कठिन है। लोक-विश्रुति है कि उनके उपदेशों से लाखों ही लोग इस्लाम के दायरे में प्रविष्ट हुए। इस लोक-विश्रुति को अमान्य करने का कोई प्रसंग यहां उपस्थित नहीं। आश्चर्य होता है शैख़ फ़रीद पर कि वे अपनी वाणी में इस्लाम-विषयक शब्दावली का प्रयोग किए बिना ही लोगों को इस्लाम की ओर आकर्षित कर सके। इस्लाम, कुरान, पैग़म्बर आदि शब्दों का

प्रयोग उनकी रचना में सर्वथा अनुपस्थित है। मलिकुलमौत (2), नमाज़, खुदा, अल्ला आदि शब्दों का प्रयोग उनकी वाणी में अत्यन्त विरल है। परम सत्ता के लिए उनका प्रिय शब्द रब है जिसका प्रयोग 112 श्लोकों और 4 पदों में दस से भी कम बार हुआ है। ईश्वर सर्वकाल और सर्वदेश के लिए समान है, किन्तु भाषागत अभिव्यक्तियां उसे एक-दूसरे से दूर कर देती हैं। इस प्रकार अद्वैत आस्तिकता साम्प्रदायिक अनेकताओं में बंटी नज़र आती है। फ़रीद भाषागत अभिव्यक्ति से पैदा होनेवाले साम्प्रदायिक भ्रम का निराकरण, अपने ढंग से करते हैं। साम्प्रदायिक रंग से मुक्त ऐसी शब्दावली मध्यकाल के किसी अन्य भारतीय सन्त, भक्त अथवा सूफ़ी में कदाचित ही मिले। उनकी रचना में इस्लामी मिथकों, ग्रन्थों अथवा लोककथाओं के अन्तर्पाठों को पहचानना यदि सर्वथा असम्भव नहीं तो अत्यन्त कठिन अवश्य है। वे परमसत्ता के लिए साईं, सहु (शौह), साहिब, पीर, कन्त, प्यारा, सजण आदि ऐसे शब्दों का प्रयोग करते हैं जो लोक-हृदय के बहुत निकट हैं। उनकी वाणी का मुख्य प्रेरणा-स्रोत ग्रन्थ नहीं, लोक-परम्परा है, यही तथ्य उन्हें अन्य सन्तों, भक्तों, सूफ़ियों से अलग करता है। वे एक ऐसी परम सत्ता के प्रति अपने-आप को समर्पित करने का उपदेश देते हैं जो जाति, मत, सम्प्रदाय के दायरों से परे है और यह उपदेश ऐसी भाषा में देते हैं कि उस पर परोक्ष रूप से भी सम्प्रदायोन्मुख होने का दोषारोपण नहीं किया जा सकता। अपवाद रूप से उन्होंने दो-एक बार 'नमाज़' गुज़ारने का संकेत अवश्य दिया है, किन्तु उनका बल धर्म-विशेष के कर्मकांड अथवा रीति-नीति नहीं, 'प्रेम' पर है। उदाहरणार्थ यहां उनके कुछ श्लोक उद्धृत करना समीचीन प्रतीत होता है जो प्रभु के सार्वलौकिक स्वरूप को उजागर कर सकें :

1. **कागा करंग ढढोलिआ सगला खाइआ मासु।**
   ए दुई नैना मति छुहउ पिर देखने की आसु ॥91॥

अर्थात, कौवे ने मेरा अस्थिपंजर ढूंढ़ा और मेरा सारा ही मांस खाने लगा। अरे कौए, मेरी दो आंखों को मत छूना। अभी मुझे प्रियतम के दर्शन की आशा है।

2. **कागा चूंडि न पिंजरा बसै त उडरि जाहि।**
जित पिंजरे मेरा सहु बसै मासु न तिदू खाहि ॥92॥

अर्थात, अरे कौए, अस्थिपंजर हो चुके मेरे शरीर पर तू चोंच मत चला। इसे निचोड़कर मत खा। जिस शरीर में मेरा प्रिय रहता है, इसका मांस न खा।

3. **फ़रीदा पडि पटोला धज करी कंबलड़ी पहरेउ ॥**
जिनी वेसी सहु मिलै सेइ वेस करेउ ॥103॥

अर्थात, अपना शिरोवस्त्र फाड़कर मैं कम्बल पहन लूंगी, वही वेशधारण करूंगी, जिससे मुझे मेरा शौहर मिल जाए।

4. **पहिले पहिरै फुलड़ा फल भी पछा राति।**
जो जागन्नि लहन्नि से साईं कन्नो दाति ॥112॥

अर्थात, (रात के) पहले प्रहर में फूल मिलता है, पिछले प्रहर में फल भी प्राप्त होता है। जो जागते हैं उन्हें ही साईं (स्वामी) से बख़शीश प्राप्त होती है।

कभी-कभी फ़रीद प्रभु के लिए मात्र 'पिआरे' अथवा 'सजण' शब्द का प्रयोग करते हैं और प्रभु प्रेम तथा मानव प्रेम में अन्तर करना कठिन हो जाता है :

फ़रीदा गलीए चिकड़ दूरि घर नालि पिआरे नेहु।
चला त भिजै कम्बली रहीं त तुरै नेहु ॥24॥
भिजउ सिजउ कम्बली अलह बरसउ मेहु।
जाइ मिला तिना सजणा तुरउ नाही नेह ॥25॥

अर्थात, गली में कीचड़ है, घर दूर है, प्रिय से प्रेम है, चलूं तो कम्बल भीगता है, रहूं तो प्रेम टूटता है। अल्लाह, मेंह ज़ोर से बरसने दो, कम्बल को भीगने दो। मैं उन प्रियजनों से जा मिलूं, मेरा प्रेम न टूटे।

श्लोक 25 में 'अलह' और 'सजणा' दोनों को एक साथ प्रयोग विशेष रूप से द्रष्टव्य है। फ़रीद अल्लाह से विनती करते हैं कि मेंह

बरसता रहने दो और अपने संकल्प को दृढ़तापूर्वक दोहराते हैं कि मैं अपने सजना से जा मिलूं और मेरा प्रेम अटूट बना रहे। स्पष्ट है कि अन्ततोगत्वा फ़रीद का प्रभु-प्रेम लोक-प्रेम का ही रूप ले लेता है।

फ़रीद की वाणी में लोक-दुःख का जो वर्णन हुआ है, उसने उनके चिन्तन को लोक-दृष्टि प्रदान कर दी है। दुःख और ईश्वर एक-दूसरे से अविच्छिन्न रूप से जुड़े हुए हैं। ईश्वर की तरह दुःख भी सार्वभौम है। फ़रीद न तो मुक्ति के इच्छुक हैं, और न ही उन्हें स्वर्ग-सुख की आकांक्षा है। प्रभु से तादात्म्य स्थापित करना भी उन्हें अभिप्रेत नहीं।

फ़रीद भगवान का सुमिरन करते हैं ताकि लोक-दुःख (बहुधा अकारण) का समाचार उन तक पहुंच सके, वे भगवान को सदा स्मरणीय समझते हैं ताकि अनैतिक कर्मों अथवा बदएमाल से बचे रहें और उन्हें प्रभु के दरबार में लज्जित न होना पड़े। दोनों ही दृष्टियों से उनका प्रभु-प्रेम लोक-मंगल की भावना से परिचालित है :

लोक-दुःख

1. **फ़रीदा मैं जानिआ दुखु मुझ कु दुखु सबाइऐ जगि।**
   ऊचै चड़ि कै देखिआ, तां धरि धरि एहो अगि ॥81॥

अर्थात, मैंने समझा था कि केवल मैं ही दुःखी हूं, किन्तु दुःखी तो सारा ही संसार है। मैंने स्व से ऊपर उठकर देखा तो प्रत्येक घर इसी आग में जलता नज़र आया।

2. **फ़रीदा चिंत खटोला, वाणु दुखु, बिरहि विछावणु लेफु।**
   एह हमारा जीवणा तू साहिब सचे वेखु ॥35॥

अर्थात, चिन्ता मेरी खाट है, बान दुःख और विरह बिछावन-गदेला है। यह है हमारा जीवन। हे मेरा साहिब, हमारी ओर तनिक देखो तो।

अकारण दुःख

फ़रीदा दरि दरवाजे जाइ कै किउ डिठो घड़ीआलु।
एह निदोसा मारीऐ हम दोसा का किआ हालु ॥39॥

अर्थात, बड़े फाटक तक जाकर हमने घड़ियाल क्यों देखा? यह बिना दोष पीटा जा रहा है। हम तो दोषी हैं। हमारा क्या हाल होगा?

असमानता से उपजा दुःख

फ़रीद इकना आटा अगला इकना नाही लोण ॥
अगै गए सिंजापसन चोटां खासी कउणु ॥44॥

अर्थात, कुछ लोगों के पास खाने के लिए आय ज़रूरत से ज़्यादा है, और कुछ लोग ऐसे हैं कि उनके पास खाद्य सामग्री नमक के बराबर भी नहीं। वे भगवान के दरबार में पहचाने जाएंगे कि उनमें से किसे दंड मिलेगा।

आख़िरत के मौक़े पर शर्मिन्दगी

फ़रीदा जिनी कम्मी नाहि गुण, ते कम्मड़े विसारि ॥
मतु सरमिन्दा थीवही साईं दै दरबार ॥59॥

अर्थात, भुला दे वे काम जिनके करने में कोई प्रशंसनीय गुण नहीं। ऐसा न हो कि तुम्हें भगवान के दरबार में लज्जित होना पड़े।

यह था फ़रीद का लोक-वेदी स्तर का धर्म जिसका मूल प्रेरणा-स्रोत लोक-दुःख था। यह लोक-दुःख धन के असमान वितरण के कारण है और सर्वथा अकारण भी। लोग अपने कुकर्मों से अपने समकालीन लोगों को दुःख देते हैं और लज्जित महसूस नहीं करते। कुकर्मों के लिए लज्जा की भावना जगाना फ़रीद की धर्म-दृष्टि का प्रमुख लक्ष्य प्रतीत होता है। दुःख और भगवद्-भक्ति का जो संयुक्त चित्र फ़रीद ने प्रस्तुत किया, वह अन्यत्र सर्वथा दुर्लभ न भी हो, तो भी मध्यकालीन भारत में ऐसी धर्म-भावना का इतना संश्लिष्ट एवं निरन्तर वर्णन बाबा फ़रीद का अमूल्य योगदान है। मरण की तरह दुःख भी सम्प्रदाय-निरपेक्ष है। महात्मा बुद्ध ने जीवन को दुःखात्मक माना और ईश्वर-निरपेक्ष दृष्टि से इस पर विचार किया। मध्यकालीन भारत में बौद्ध प्रभाव क्षीण हो रहा था। बाबा फ़रीद की दृष्टि बहुत पैनी थी, उन्होंने न केवल लोक-दुःख को महसूस किया,

अपितु दृढ़तापूर्वक दुःखी लोक-वर्ग के अंग बने। वे दुःखी लोगों के मुदई अथवा प्रवक्ता-मात्र नहीं थे, स्वयं उनके आत्मीय थे। दुःखी जन-साधारण के साथ उनका सम्बन्ध मात्र सहानुभूति का नहीं था, तादात्म्य का था। उनका महत्त्वपूर्ण योगदान यह है कि उन्होंने बुद्ध के समान दुःख की नींव पर किसी सिद्धान्त का सृजन नहीं किया। उनकी दुःख-भावना निश्चय ही सीधी-सच्ची लोक-भावना है। जिसका महत्त्व आधुनिक युग में भी स्वीकार किया जा रहा है, आधुनिक युग के एक पंजाबी कवि की पंक्तियां बाबा फ़रीद द्वारा दर्शाए मार्ग का अनुसरण करती हैं :

कौन बड़ा है, बाताओ तो
सुना है, भगवान, तुम बहुत बड़े हो
किन्तु हमारा दुःख भी तो बहुत बड़ा है
बड़ा कौन है?
दुःख उपजता है तो भगवान का स्मरण हो आता है
दुःख बीत जाए तो भगवान भी बिसर जाता है
दुःख और भगवान दोनों चिरसंगी हैं
दुहरे स्वभाववाली यह वस्तु मनुष्य को बिन मांगे ही मिल जाती है
जहां-जहां दुःख है वहीं-वहीं भगवान हैं।
आंखों से जब दुःख बहता है
ओठों पर भगवान प्रकट हो जाते हैं
दुःख और भगवान जुड़वां भाई हैं
इनमें कौन दूसरे से बड़ा है कुछ कहा नहीं जाता
एक-सी मूर्तियां, एक-सी छवि है इनकी।
हे मेरे दुःख, मेरे प्रभु हो जाओ
मेरी मिट्टी को मल-मलकर धो डालो
यदि प्रभु बनकर कोई पी ले
तो दुःख-सागर भी अमृत-सागर बन जाता है
जब दुःख सर्वात्मा बन जाए
तो कोई अकेला दुःखी कैसे हो सकता है भला?
सुना है, भगवान, तुम बहुत बड़े हो

हमारा दुःख भी बहुत बड़ा है
कौन बड़ा है बताओ तो?

लौकिक दुःख और खुदापरस्ती की इस संयुक्त जीवन-दृष्टि पर ऐतिहासिक प्रसंग में विचार कर लेना भी उचित होगा। उस समय देश पर तुर्क शासकों का राज्य था। अपने मूल देश से वे आक्रमणकारी के रूप में आए थे और यहां शासक के रूप में बस गए थे। विदेशी शासकों को किसी भी देश के लोग मन से स्वीकार नहीं करते, राज्य क़ायम रखने के लिए शासक वर्ग को कठोर शासकीय प्रबन्ध की ज़रूरत थी। आश्चर्य नहीं कि शासकीय कठोरता इस देश के मूल निवासियों को अत्याचार की सीमा का स्पर्श करती हुई प्रतीत होती होगी। किन्तु शासक वर्ग का यह अत्याचार शासकीय जरूरतों की पैदावार था।

शैख़ फ़रीद अपने-आप को तत्कालीन शासकों से दूर रखते थे और इस देश के दुःखी मूल निवासियों के निकट रहने में अंपनी खुदापरस्ती को सुरक्षित समझते थे, इस तथ्य को तत्कालीन ऐतिहासिक प्रसंग में समझा जा सकता है। पीर लोग मीर लोगों के ही पूरक थे। जितने कठोर व्यवहार की ज़रूरत शासक वर्ग को थी, उतने ही कोमल चित्त तत्कालीन पीर, शैख़, दरवेश अथवा धर्मोपदेशक के थे। इसी ऐतिहासिक स्थिति में शैख़ फ़रीद का यह कथन समझ में आता है, 'मेरे वस्त्र काले हैं, मेरी सारी वेशभूषा ही काली है। लोग मुझे दरवेश कहते हैं, किन्तु मैं जानता हूं कि मैं गुनाहों से भरा हुआ हूं।' प्रतीत होता है, जैसे, स्वच्छात्मा सूफ़ी दरवेशों के अन्तर्मन में अत्याचारी शासकों के गुनाह का एहसास था :

(1) फ़रीदा, काले भैंडे कपड़े, काला भैंडा वेसु।
गुनही मरिआ मैं फिरा, लोकु कहै दरवेसु ॥61॥

अर्थात, मेरे कपड़े और वेश मैले-कुचैले हैं। मैं गुनाहों से भरा हूं, किन्तु लोग मुझे सन्त कहते हैं।

(2) फ़रीदा दर दरवेसी गाखड़ी चला दूनीआ मति।
बन्निह उठाई पोटली कित्थे वंजा घति ॥2॥

अर्थात, खुदा का दरवेश होना मुश्किल है, क्योंकि मैं तो दुनिया

(समकालीन ऐतिहासिक परिवेश) की तरह चलता हूं। मैंने सिर पर दुनियादारी की पोटली उठा रखी है, इसे कहां फेंकू, कहां जाऊं?

फ़रीद का शासक वर्ग से जन्मजात धार्मिक सम्बन्ध था। वह धर्म के स्तर पर उन्हीं जैसा व्यवहार करते थे। धर्म, देश, संस्कृति आदि का प्रबल प्रवाह है जिसमें मनुष्य का जीवन-पर्यन्त अनायास बहता चला जाता है। उसके बहुत-से निर्णय लोक-रीति से ही हो जाते हैं। पंचम गुरु अर्जुन देव ने महसूस किया कि फ़रीद ऐतिहासिक परिवेश से हटकर जीने, सोचने और महसूस करनेवाले महापुरुष हैं। गुरु जी महसूस करते हैं जैसे व्यक्ति एक बाजा है जिसे उसका ऐतिहासिक परिवेश बजाता है। फ़रीद अल्लाह को ऐतिहासिक परिवेश से मुक्त, मौलिक अस्तित्व मानते हैं। उसी के कृपा-क्षेत्र में रहकर वह मौलिक ढंग से जीना चाहते हैं। बाजे की तरह बजना नहीं चाहते। फ़रीद ऐसे ही महापुरुष थे। तत्कालीन शासक-वर्ग से उनकी दूरी और अल्लाह से निकटता का मुख्य रहस्य यही है कि वह उनके हाथों में कठपुतली की तरह खेलना नहीं चाहते थे। गुरु अर्जुन देव फ़रीद से यों सम्बोधित हैं : हे फ़रीद, दुनिया तो एक वाद्ययन्त्र है, जैसे इसे बजाया जाता है यह बजता है। तू अर्थात हर व्यक्ति इसके संग-संग बजता है। वही जीव नहीं बजता जिस पर भगवान की कृपा है, और जिसकी भगवान ख़बरगीरी रखता है :

फ़रीद दुनी वजदी, तू भी वजहिं नालि ॥
सोइ जीउ न वजदा जिस अलहु करदा सारि ॥110॥

फ़रीद की नम्रता की व्याख्या तत्कालीन राजन्य-वर्ग की कठोरता के ही सन्दर्भ में होनी चाहिए। शासित लोगों से सम्बन्धित सन्तों की नम्रता और शासक-वर्ग से सम्बन्धित दरवेशों की नम्रता में गुणमूलक अन्तर है। जहां पहले प्रकार की नम्रता अत्याचार को झेलने का एक शस्त्र है, वहां दूसरे प्रकार की नम्रता अत्याचार की क्षतिपूर्ति को एक ढंग है। बाबा फ़रीद की नम्र जीवन-शैली के कुछ उदाहरण इस प्रकार हैं :

मति होदे होइ इयाणा।
ताण होदे होइ निताणा ॥

अनहोदे आप वंडाए।
कोई ऐसा भगतु कहलाए ॥128॥

अर्थात, बुद्धिमान होते हुए भी अपने-आप को अज्ञानी समझे, शक्ति-सम्पन्न होते हुए भी शक्तिहीन की भांति आचरण करे, निर्धन होने पर अपने-आप को बांट दे, कोई ऐसा व्यक्ति ही भक्त कहे जाने के योग्य है।

जैसे कि हम ऊपर कह चुके हैं, बाबा फ़रीद पंजाबी लोक और पंजाबी लोकवेद (Folklore) से जुड़े हुए सूफ़ी कवि हैं। उनकी रचना में अरबी अथवा फ़ारसी सूफ़ी कवियों के अन्तर्पाठों की खोज व्यर्थ है। वे राबिया बसरी की तरह ईश्वर के प्रेम में निरन्तर लीन तो हैं किन्तु इस हद तक नहीं कि लोक के प्रति उदासीन हो जाएं। मंसूर हल्लाज के समान वे खुदा के साथ अपने तादात्म्य का दावा भी नहीं करते। इब्ने अरबी की तरह इश्क़-मज़ाज़ी और इश्क़-हक़ीक़ी, दोनों की एक साथ अभिव्यक्ति का भी उन्हें शौक़ नहीं। इब्ने अरबी अपने गुरु की बेटी शम्सी पर आसक्त थे। वे उसकी प्रशंसा में काव्य रचना करते और उसकी व्याख्या यों करते जैसे वह ख़ुदी की तारीफ़ हों। उनकी रचना की बानगी देखिए :

उसका नाम लेने से चहुं ओर सुगन्धि फैल जाती है,
उसका माथा सूर्य के समान तेजोमय है,
उसकी केशराशि अमावस्या के समान काली है।
कैसा आश्चर्य, उसके मुख पर सूर्य और अमावस्या, दोनों एक साथ उपस्थित हैं!

उनकी रचनाओं पर रूमी, शीराज़ी, ख़य्याम आदि का प्रभाव भी भासित नहीं होता। वे इस हद तक प्रभु-प्रेमी थे कि हिन्दी विद्वान प्रो. विजयेन्द्र स्नातक के अनुसार : "उनकी अध्यात्म-चर्चा रहस्यमयी शैली की न होकर प्रेमाभक्ति की सरणी की है," अर्थात वे उन्हें अद्वैतवादी सूफ़ी की अपेक्षा एकेश्वरवादी भक्त कहना अधिक उपयुक्त समझते हैं। "मेरी अपनी दृष्टि में शैख़ फ़रीद लौकिक व्यवहार और आचरण की मर्यादा का निर्वाह करते हुए फ़क़ीर की ज़िन्दगी जीने में विश्वास रखते

थे। एकेश्वरवाद में उनकी अटूट आस्था थी। वहां ईश्वर-प्राप्ति का मार्ग कठिन योग-साधना और रहस्यवादिता का न होकर सात्त्विक भाव से समर्पण और प्रेम का मार्ग था" [बाबा शैख़ फ़रीद, लाइफ़ एंड टीचिंग्ज़ (हिन्दी भाग), पृष्ठ 27]। बाबा फ़रीद पर पंजाबी प्रभाव की झलक नहीं मिलती, जबकि बाबा फ़रीद पंजाबी भाषा के प्रथम कवि हैं। पंजाबी भाषा के परवर्ती कवियों पर उनके प्रभाव का आकलन तो हो सकता है, किन्तु किसी भी अन्य पंजाबी कवि का प्रभाव उनकी रचनाओं में नहीं देखा जा सकता। न केवल किसी पूर्ववर्ती कवि का कोई उल्लेख बल्कि उनके किसी समकालीन कवि के सम्बन्ध में भी कोई संकेत नहीं मिलता। उन्होंने परवर्ती पंजाबी सूफ़ी कवियों के लिए ही नहीं बल्कि सभी प्रकार के कवियों के लिए एक अनुकरणीय स्तर उपस्थित किया। आज तक पंजाबी कविता लोक-मुहावरे और लोक-जीवन-शैली का अनुसरण करती है। न इसे राजाश्रय की अपेक्षा रही और न ही इसे पांडित्य प्रदर्शन का शौक़ रहा।

बाबा फ़रीद की रचना में प्रयुक्त बिम्ब अधिकांशतः लोक-जीवन से सम्बन्धित हैं, जैसे भावी वधू के घर भेजी गई साहे-चिट्ठी (विवाह-तिथि की चिट्ठी), सिर पर भारी गठरी उठाकर चलती हुई स्त्री, विवाहादि के अवसर पर तिल बांटती हुई गृहिणी, ऋतु-परिवर्तन के समय रंग बदलती वृक्ष-शाखा, वर्षाकाल में चू रही झुपड़ियां, तेज़ आंच पर पकाया जा रहा रंग, तेज़ वर्षा में कम्बल ओढ़कर चला जा रहा मुसाफ़िर, पगड़ी के मैले हो जाने की लज्जा, भूख को ही स्वादिष्ट समझने का विश्वास, रूखी-सूखी रोटी और ठंडा पानी पीने से सन्तुष्टि, सुहागिन-दुहागिन, लोक-पीहर, परलोक-ससुराल, ढीली खाट, खांड लपेटा ज़हरीला खाद्य, पराये घर रहने की लज्जा, आटे में नोन की कमी, दीये के बुझने जैसी मृत्यु, क़ब्रों में रोते हुए मृतक, जौहड़ के कीचड़ में कोई वस्तु ढूंढ़ते हुए लथपथ हाथ, अनतुली धरती, कुंआरी का चाव, बिहाता के दुःख, टूटती हुई लुटिया-डोरी, चूल्हे पर तप रही हंडिया–लोक-जीवन से संगृहीत वस्तुओं और विचारों की ऐसी सम्पदा से फ़रीद-वाणी के सौन्दर्य और सौहार्द का सृजन हुआ। उन्हें पढ़ते हुए कोई सन्देह नहीं रहता कि बाबा फ़रीद लोक-कवि थे। वे जनसाधारण की तरह ही सोचते और महसूस करते

थे। अफ़लातून ने कहा है कि बड़े आदमी को दार्शनिक की तरह सोचना और साधारण व्यक्ति की तरह बोलना चाहिए। ऐसे ही महामानव थे शैख़ बाबा फ़रीद।

ग्राम्य-जीवन की सीधी-सादी भाषा में कैसे वे सूक्ष्म सौन्दर्य का सृजन कर सके, यह सोचकर आश्चर्य होता है। उनके श्लोकों में से कुछ ऐसे उदाहरण यहां उद्धृत हैं जिन पर कोई आधुनिक काल का कवि भी गर्व कर सके :

(1) अज न सुती कंत सिउ अंगु मुड़े मुड़ि जाइ।
जाइ पुछहु डोहाजणी तुम किउ रैणि विहाइ ॥30॥

अर्थात, मैं आज अपने पति के संग सो न सकी, मेरे अंग मुड़-मुड़ जाते हैं। तुम दुहागिनों से जाकर पूछो, तुम्हारी रातें किस तरह कटती हैं?

(2) जोबन जांदे ना डरा जे सह प्रीति न जाइ।
फ़रीदा किती जोबन प्रीति बिनु सुकि गए कुमलाई ॥34॥

अर्थात, मुझे अपने यौवन के बीत जाने का डर नहीं, यदि मेरे पति का मुझसे प्रेम बना रहे। कितने ही यौवन प्रीति के बिना सूखकर कुम्हला जाते हैं।

(3) फ़रीदा जिन लोइण जगु मोहिआ से लोइण मैं डिठु ॥
कजल देख न सहदिआ से पंखी सूइ बहिठु ॥14॥

अर्थात, कभी मैंने वे आंखें देखी थीं जिन्होंने सारे संसार पर जादू कर रखा था। वे आंखें इतनी नाज़ुक थीं कि उन्हें काजल की रेखा तक भी सह्य नहीं थीं। आज वे आंखें मैंने फिर (मरणोपरान्त) देखी हैं, आज उनमें पक्षियों के सुए बैठे हुए हैं।

(4) जां कुआरी तां चाउ, वीवाही तां मामले।
फ़रीदा एहो पछोताउ, वति कुआरी न थीऐ ॥63॥

अर्थात, जब मैं कुंआरी थी तो मुझे (ब्याह का) चाव था, ब्याह

हुआ तो मैं दुःखों में फंस गई। अब पछता रही हूं कि पुनः कुंआरी नहीं हो सकती।

(5) **फ़रीदा भन्नी घड़ी सुवन्नवी टूटी नागर लजु ॥**
अज़राईलु फरेसता कै धरि नाठी अजु ॥68॥

अर्थात, सुन्दर रंगीन मटकी फूट गई। कुएं से पानी निकालनेवाली डोरी भी टूट गई। अज़राईल फ़रिश्ता (मृत्युदेव) आज किसके घर पाहुना है!

भारत के रहस्यवादी सन्त मृत्यु का वर्णन विवाह के रूप में करते हैं। कबीर में इस बिम्ब की रचना अनेक बार हुई है (गावहु दुल्हिन मंगल चारु ॥ हम घरि आए राजा राम भरतार ॥) गुरु नानकवाणी में भी इसी बिम्ब का सृजन हुआ है:

संबति साहा लिखिआ मिल करि पावहु तेलु।
देहु सजण असीसड़ीआ जिउ होवे साहिब सिउ मेलु ॥
घरि घरि एहो पाहुचा सदड़े नित पवन्ति।
सदणहार सिमरीए नानक से दिह आवन्नि ॥4॥1॥

(आदि गुरुग्रन्थ, पृष्ठ 12)

अर्थात, (मृत्यु के साथ) मेरे विवाह का संवत् और तिथि पूर्वलिखित है। दहलीज़ पर प्रिय का आगमन है। उसके स्वागतार्थ दहलीज़ पर तेल डालो। सगे-सम्बन्धी मुझे आशीष दें। ताकि अपने स्वामी से मिलन हो सके। प्रत्येक घर इसी प्रकार का निमन्त्रण आता है। बुलावा हर रोज़ ही भेजा जाता है। आओ, बुलावा भेजनेवाले का स्मरण करें।

रहस्यवादी काव्य-परम्परा में उपलब्ध इस प्रतीक्षा प्रबन्ध का सर्वप्रथम नियोजन फ़रीद-वाणी में मिलता है। स्पष्ट है कि प्रत्यक्ष अथवा परोक्ष रूप से मध्यकालीन सन्त एवं सूफ़ी बाबा फ़रीद से प्रभावित रहे हैं।

बाबा फ़रीद के इस संक्षिप्त से अध्ययन में मैं पंजाब के दो शिरोमणि कवियों की रचनाओं से पंक्तियां उद्धृत करने के मोह का संवरण नहीं

कर पा रहा हूं। पहले कवि हैं बाबा कवि वारिसशाह जिन्होंने अपनी रचना में हीर और रांझे की प्रेमकथा को अमरत्व प्रदान किया। अपनी सुविख्यात रचना के मंगलाचरण में उन्होंने ख़ुदा, रसूल और ख़लीफ़ों के साथ-साथ शैख़ बाबा फ़रीद का भी स्मरण किया है। वे कहते हैं :

मौदूद दा लाडला पीर चिश्ती
शकरगंज मसऊद भरपूर है जी
ख़ानदान विच चिश्त दे कामलीयत
शहर फकर दा पटन मामूर है जी
बाई कुतबां दे विच है पीर कामल
जिस दी आजज़ी ज़ुहद मनज़ूर है जी
शकरगंज ने आण मकान कीता
दुख दर्द पंजाब दा दूर है जी।

अर्थात, चिश्ती सिलसिले से सम्बन्धित पीर शैख़ मसऊद शकरगंज हर प्रकार से भरपूर, हर प्रकार की त्रुटि से मुक्त है। वह ख़्वाजा, पीर मौदूद चिश्ती का लाडला है। वह चिश्त के सिलसिले में पूर्णता का रूप है, वह पाक-पत्तन का निवासी है। बाईस कुतबों में वह पूर्ण पीर के रूप में जाना जाता है। उसकी नम्रता और पवित्रता खुदा की दरगाह में स्वीकार की जा चुकी है। शकरगंज पंजाब में आकर बस गए। उनके यहां रहने से पंजाब का दुःख-दर्द जाता रहा।

कवि वारिसशाह ने जिसे पीरान पीर समझा, उसे कवि मुहम्मद बख़्श कवियों में सर्वश्रेष्ठ मानते हैं। उनका कथन है :

शायर बहुत पंजाब ज़मीं दे, होए दानिश वाले
काफ़ी बारह माह जिन्हां दे, दोहड़े बैंत उजाले
हिकना बहुत किताबां लिखीआं, क़िस्से होर रसाले
किधर गए ओह संग मुहम्मद, करके वेख सम्हाले
अव्वल शेख़ फ़रीद शकरगंज, आरिफ़ अहलि विलायत
हिक-हिक सुखन ज़बान ओहदी दा राहबर राह हिदायत॥

अर्थात, पंजाब में बहुत-से प्रतिभाशाली कवि हुए। उन्होंने काफ़ियों बारह माह आदि की रचना की। कुछ कवियों के दोहे और बैंत बहुत उज्ज्वल रहे। कुछ कवियों ने बहुत-सी किताबें, क़िस्से और संग्रह लिखे। मुहम्मद कवि पूछते हैं : "ऐसे कवियों का वह जमघट कहां गया? कुछ सोचकर देखो तो।" उन सबमें फ़रीद शकरगंज सर्वश्रेष्ठ हैं। वे ज्ञाता हैं, उन्हें वली की पदवी प्राप्त है। उनके मुख से निकला प्रत्येक वचन मार्गदर्शक है।

पंजाब का वह प्रथम कवि (जन्म 1188 ई.) जिसके वचन गुरुनानक (जन्म 1469 ई.) में संभाले और गुरु अर्जुन ने आदि गुरुग्रन्थ (सम्पादन 1604 ई.) में सम्मान सहित दर्ज किए, जिसे पंजाब के शिरोमणि कवि वारिसशाह (जन्म 1729 ई.) ने अपनी सुविख्यात रचना क़िस्सा हीर के मंगलाचरण में 'कामिल पीर' कहकर नमन किया और कवि मुहम्मद बख़्श (जन्म 1831 ई.) ने सर्वश्रेष्ठ कवि कहकर सराहा, ऐसी महान विभूतियों द्वारा स्तवित शैख़ बाबा फ़रीद सचमुच ही हमारे प्रणम्य हैं।

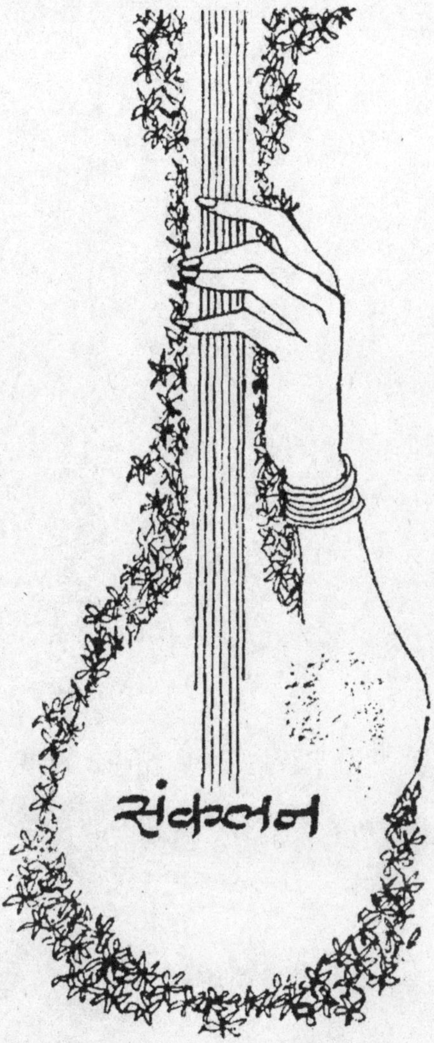
સંકલન

आदिग्रन्थ में सम्मिलित

शैख फ़रीद के पद

जितु दिहाड़ै धन वरी साहे लए लिखाई।
मलकु जि कन्नी सुणीदा मुहु देखाले आई।
जिन्दु निमाणी कढीऐ हडा कू कड़काइ।
साहे लिखे न चलनी जिन्दू कू समझाइ।
जिंदु वहुरी मरणु वर लै जासी परणाइ।
आपण हथी जोलि कै कै गलि लग्गै धाइ।
वालहु निकी पुलसलात कन्नी न सुणीआइ।
फ़रीद किड़ी पवंदीई खड़ा न आपि मुहाइ ॥1॥

(जितु = जिस; दिहाड़ै = दिन; धन = स्त्री; वरी=ब्याही गई; साहे = ब्याह की तारीख; मलकु = मलिकुल मौत, अज़राईल, मौत का फ़रिश्ता; कन्नी = कानों से; सुणीदा = सुनते हैं, जिन्द = ज़िन्दगी, जान; निमाणी = बेचारी, मसकीन; कू = को; कड़काइ = तोड़कर; न चलनी = नहीं टल सकते; जिन्दू = जान; बहुरी = वधू, बहू; मरण = मृत्यु; परणाइ = ब्याह कर; जोलि कै = चलाकर, विदा करवा के; धाई = दौड़कर; वालहु निकी = बाल से भी बारीक़; पुलसलात = पुलसिरात, मुसलमानों के विश्वास के अनुसार दोज़ख़ के ऊपर वह पुल जो बाल से अधिक बारीक़ और तलवार से

भी ज्यादा तेज़ है। नेक लोग आसानी के साथ उसके ऊपर से गुज़रकर बहिश्ते में चले जाएंगे और बद आदमी दोज़ख़ में गिर पड़ेंगे; किड़ी = आवाज; मुहाइ = लुटा।)

जिस दिन लड़की (जीवात्मा) का विवाह (मरण) होगा, उसकी विवाह-तिथि पहले ही लिखी जा चुकी थी। जन्म के साथ ही मृत्यु का दिन निश्चित हो जाता है। जिस मलिकुल मौत की बातें हम यदा-कदा सुना करते थे, वह प्रकट हो जाती है।

बेचारी जान को शरीर से निकालते समय मृत्युदेव बहुत कष्ट देता है। हड्डियां तोड़ देता है। अपनी जान को समझा ले कि जो विवाह-तिथि अर्थात मरण-तिथि लिखी जा चुकी है उसे टाला नहीं जा सकता। मनुष्य की जान वधू है और मरणदेवता वर है। मरणदेव प्राणों को परिणीता के समान लिवा ले जाएगा। लिवा ले जाते समय परिणीता को मृत्युदेव अपने हाथों चला रहा होगा। वह उसका हाथ छुड़ाकर, भाग न सकेगी। भागकर किसी के गले न लग सकेगी। राह में पुलसिरात है जिसे पार करना होगा। क्या यह बात तुमने सुन नहीं रखी? फ़रीद कहते हैं, खुदा के बन्दे, तुम्हें सावधान किया जा रहा है, शोर हो रहा है। तू यों ही बेख़बर न हो और अपने-आप को ठगा न ले।

❁

फ़रीदा दर दरवेसी गाखड़ी, चलां दुनीआ भत।
बन्हि उठाई पोटली कित्थे वंजा घति ॥2॥

(गाखड़ी = कठिन, मुश्किल; भत = भांति, समान; वंजा = जाऊ; घति = फेंककर।)

परमात्मा के द्वार का फ़क़ीर होना बहुत कठिन है। मैं तो दुनियावालों का अनुसरण करता हूं। सांसारिक पदार्थों की पोटली बांधकर मैंने सिर पर उठा रखी है, अब इसे कहां रखूं, कहां फेंकूं?

किझु न वुझै किझु न सुझै दुनीआ गुझो माहि।
साईं मेरै चंगा कीता, नाही त हम्मी दझां आहि ॥3॥

(गुझी = छुपी हुई; माहि = आग; हम्मी = मैं भी; दझां = दग्ध हो जाती, जल जाती।)

यह संसार लुप्ताग्नि है। इसका कुछ पता नहीं चलता। मैं इसे ठीक से समझ नहीं पा रही, कुछ सुझाई नहीं देता। यह अच्छा ही हुआ। मेरे स्वामी ने मेरा भला ही किया, अन्यथा मैं भी इस आग में जलकर भस्म हो जाती।

फ़रीदा जे जांणां तिल थोड़ड़े, सभलि बुक भरी।
जे जांणां सहु नंढ़ड़ा तां थोड़ा माण करी ॥4॥

(सहु = शौह, स्वामी, पति, प्रेमी; नंढ़ड़ा = छोटी उम्रवाला, बाल-स्वभाव)

विवाह के समय तिल बांटने का रिवाज था और विवाह सूफ़ियों-सन्तों की शब्दावली में मृत्यु का प्रतीक है। जीवात्मा के लिए 'वधू' प्रतीक की तरह प्रयुक्त होता है। फ़रीद जीवात्मा की भांति कहते हैं कि यदि मुझे पता होता कि मेरे पास तिल थोड़े हैं तो इन्हें लुटाती नहीं; सावधानी से बांटती। (अर्थात यदि मैं जानती कि आयु की अवधि बहुत कम है तो आवारगी में व्यतीत नहीं करती।) यदि मुझे पता होता कि मेरा प्रियतम बाल-स्वभाव का है, वह नाज़-नज़ाकत पर नहीं रीझता, तो मैं कम मान करती।

जे जाणा लड़ छिजणा, पीडी पाई गंठि।
तै जेवडु मैं नाहि को सभु जगु डिठा हंठि ॥5॥

(छिजणा = क्षीण हो चुका, फटा-पुराना; पीडी = पक्की, कसकर; गंठि = गांठ; तै जेवडु = तेरे जितना बड़ा; हंठि = अनुभव में से गुजरकर।)

यदि पता होता कि प्रिय के साथ वैवाहिक सम्बन्धवाला पल्लू क्षीण है, छीज जाएगा तो मैं बहुत कसकर गांठ बांधती। हे मेरे प्रियतम, तुम्हारे जैसा और कोई नहीं मेरा, सभी को देख-परखकर मुझे यही ज्ञान प्राप्त हुआ है।

❁

फ़रीदा जे तू अकलि लतीफ़ काले लिखु न लेख।
आपनड़े गिरीवान महि सिरु नीवां करि देख ॥6॥

(अकलि लतीफ़ = सूक्ष्म बुद्धि; लेख = आचार-व्यवहार, कर्म, लिखित शब्द; आपनड़े = अपने; गिरीवान = गिरेबान।)

यदि तू सूक्ष्म बुद्धिवाला है, तो पापाचार न कर, अपना दुर्भाग्य स्वयं न लिख, कुशब्द मत लिख, अपितु सिर झुकाकर अपने अन्दर झांक।

❁

फ़रीदा जो तै मारनि मुकीआं तिना ने मारे घुम्मि।
आपनड़ै घरि जाईऐ पैर तिनां दे चुम्मि ॥7॥

(तै = तुझे; तिनां = उन्हें; घुम्मि = घूमकर, प्रत्युत्तर में; अपानड़ै = अपने; चुम्मि = चूमकर।)

जो लोग तुझे मुक्के मारें, तू उन्हें उत्तर में कभी मत मारना। अपितु, मारनेवालों के पैर चूमकर अपने घर (निजस्वरूप में, मुक्तावस्था में) चले जाना।

❁

फ़रीदा जां तौ खट्टण वेल, ता तू रत्ता दुनी सिउ।
मरग संवाई नीहि जां भरिआ तां लदिआ ॥8॥

(जां = जब; खट्टण वेल = कमाने का समय, अध्यात्म-साधना का अवसर; रत्ता = अनुरक्त; सिउ = स्यों, से; मरग = मृत्यु, सवाई = अधिक; नींहि = नींव।

फ़रीद कहते हैं : हे मानव, जब अध्यात्म-साधना का अवसर था तू सांसारिक कार्य-कलाप में अनुरक्त रहा। मृत्यु की नींव दिनों-दिन बढ़ती जा रही है (अधिकाधिक पक्की होती जा रही है। जब खेप भरी जाती है तो बनजारा लादकर चल देता है। अर्थात जब श्वास पूरे हो जाते हैं तो जीव दुनिया से विदा हो जाता है।

❁

देख फ़रीदा जि थीआ दाड़ी होई भूर।
अगहु नेड़ा आइआ पिछा रहिआ दूरि ॥9॥

(थीआ = हुआ; भूर = भूरी, आधी काली आधी सफ़ेद; अगहु = परलोक, मृत्यु-देश; पिछा = इहलोक।)

बाबा फ़रीद अपने-आप से सम्बोधित हैं : देख, क्या हो रहा है तेरे साथ। दाढ़ी भूरी होती जा रही है। मृत्यु निकट आती जा रही है, जीवन दूरतर होता जा रहा है, पीछे छूटता जा रहा है।

❁

देख फ़रीदा जि थीआ सकर होइ विसु।
सांई बाझहु आपणे वेदण कहीऐ किसु ॥10॥

(सकर = शकर, मिष्ठान्न; बिसु = विष; बाझहु = बिना, सिवाय; वेदण = वेदना, पीड़ा।)

बाबा फ़रीद अपने-आप से सम्बोधित हैं : अरे देख, कैसी दुर्गति होती जा रही है तेरे साथ! वृद्धावस्था में शकर भी विष के समान कड़वी लगने लगी है। अपने स्वामी (प्रभु) के सिवाय अपना दुःख मैं किससे कहूं?

फ़रीदा अखी देख पतीणीआ सुणि-सुणि रीणे कन्न।
साख पकंदी आइआ होर करेंदी वन्न ॥11॥

(अखी = आंखें, देख पतीणीआ = देख-देखकर पतली (कमजोर) हो गईं, देख-देखकर अघा गई; रीणे = रीते, शक्तिहीन; साख = शाख़, खेती; पकन्दी = पक गई; वन्न = रंग।)

वृद्धावस्था का वर्णन है : देख-देखकर आंखें पतली और सुन-सुनकर कान बहरे हो गए। जब शाख़ पकने पर आती है तो उसको रंग बदल जाता है।

फ़रीदा काली जिनी न राविआ धउली रावै कोइ।
कर सांई सिउ पिरहड़ी रंग नवेला होई ॥12॥

(काली = जब केश काले थे, यौवनावस्था में; राविआ = रमण, स्मरण किया; धउली = जब केश धवल (सफ़ेद) थे, वृद्धावस्था में; पिरहड़ी = प्रेम; नवेला = नया, पुनर्यौवन।)

फ़रीद कहते हैं : जिन लोगों ने अपने प्रियतम से प्रेम यौवनावस्था में नहीं किया, वे वृद्धावस्था में क्या ख़ाक करेंगे? फिर कहते हैं, नहीं अब भी स्वामी से प्रेम कर ले, तुझ पर नया रंग चढ़ेगा, यौवन पुनः आ जाएगा।

महला 3॥

फ़रीदा काली धउली साहिबु सदा है, जे को चिति करे।
आपणा लाइआ पिरमु न लगाई जे लोच समु कोई।
एहु पिरमु पिआला खसम का जै भावै तै देइ ॥13॥

(को = कोई; पिरमु = प्रेम; लोच = चाहे, इच्छा करे; खसम = पति,

मालिक।)

इस श्लोक के रचयिता गुरु अमरदास हैं। महला 3 अर्थात नानक परम्परा में तृतीय गुरु उन्हीं का वाचक है। फ़रीद के पिछले श्लोक के ही सन्दर्भ में उनका अभिमत है : केश काले हों अथवा सफ़ेद, यदि किसी को जी चाहे तो प्रभु से प्रेम का अवसर सदा है। प्रेम की इच्छा तो सभी को है, किन्तु सायास तपस्या से प्रेम नहीं हो सकता। प्रेम का प्याला ख़सम (पति, परमात्मा) के हाथ है, प्रसन्न होकर वह इसे किसी को भी दे दे।

फ़रीदा जिन लोइण जगु मोहिआ से लोइण मैं डिठु।
कजल रेख न सहदिआ से पंखी सूइ बहिठु ॥14॥

(लोइण = लोचन, आंखें; कज्जल = काजल; सूइ = सुए, पक्षियों के शिशु; बहिठु = बैठे हुए।)

कभी यौवनावस्था में मैंने वे आंखें देखी थीं जिन्होंने सारे संसार पर जादू कर रखा था। वे आंखें इतनी नाज़ुक थीं कि काजल की रेखा तक भी सहन नहीं कर पाती थीं। आज मैं उन्हें पुनः देख रहा हूं। मरणोपरान्त उन आंखों के कोटर में पक्षियों के नन्हे-नन्हे शिशु बैठे हुए हैं।

फ़रीदा कूके दिओ चांगेदिआं, मती दे दिआं नित।
जो सैतान वञाइआ से कित फेरे चित ॥15॥

(कूके दियां = गुहारते हुए; चांगेदिआं = चीख़ते हुए; वञाइआ = गंवा दिया, भ्रष्ट कर दिया।)

बाबा फ़रीद कहते हैं कि हमने ऊंचे स्वर में गुहारते हुए, चीखते हुए मन को बहुत समझाया, किन्तु जिसे शैतान ने भ्रष्ट

कर दिया, उसका मन कुकर्मों से कैसे हट सकता।

फ़रीदा थीउ पवाही दभु। जे साईं लोड़हि सभु ॥
इक छिजहि बिआ लता डीअहि। तां साई दे दरि वाड़ीअहि ॥16॥

(थीउ = हो जा; पवाही = दगड़े की, रास्ते की; दभु = घास; छिजहि = छीजे, तोड़-फोड़ दे, तार-तार कर दे; बिआ = दूसरा; दर = दरवाजा, घर।)

बाबा फ़रीद कहते हैं : यदि तू सर्वव्यापक भगवान को पानी चाहता है, तो रास्ते की घास हो जा। कुछ लोग तुझे तोड़ेंगे, तार-तार कर देंगे, कुछ लोग तुझे पैरों के नीचे कुचलेंगे। इसी प्रकार वे तुम्हें भगवान के द्वार तक ले जाएंगे और उसके घर में प्रवेश करवा देंगे।

फ़रीदा खाक न निंदीऐ ख़ाकू जेडु न कोइ।
जीबदिआं पैरा तलै मोइआं उपरि होइ ॥17॥

(निंदीऐ = निन्दा करें; जेडु = जितना, बराबर; जीबदिआं = जीते जी।)

फ़रीद कहते हैं, मिट्टी की निन्दा न करो, मिट्टी-सा बड़ा अन्य कोई नहीं। जब तक हम जीवित हैं, यह हमारे पैरों के नीचे रहती है और मरने के उपरान्त हमारे ऊपर छा जाती है। क़ब्र की मिट्टी हमें ढंक लेती है।

फ़रीदा जा लबु ता नेहु किआ, लबु ता कूड़ा नेहु।
किचरु झति लंघाईऐ छपरि तुटै मेहु ॥18॥

(लबु = लोभ, लालच; नेहु = स्नेह, प्रेम; कूड़ा = झूठ, असत्य; किचरु = कितनी देर तक; झति = झट, समय; छपरि = झोंपड़ी।)

शैख फ़रीद कहते हैं कि यदि मन में लोभ हो, तो प्रेम कैसा? लोभी का प्रेम असत्य है। टूटी हुई झोंपड़ी में बैठकर वर्षा काल कहां तक बिता सकोगे। लोभ और प्रेम एक साथ नहीं चल सकते, जैसे वर्षा और टूटी-फुटी झोंपड़ी में एकस्वरता नहीं हो सकती।

❁

फ़रीदा जंगलु-जंगलु किआ भवहि वणि कंडा मोड़ेहि।
वसी रब हिलालीए जंगल किआ ढूढेहि ॥19॥

(भवहि = भटकते हो, घूमते हो; कंडा = कांटा; वसी = बसता है; हिआलीऐ = हृदय में।)

जंगल में भ्रमित त्यागी से शैख फ़रीद कहते हैं : अरे वैरागी, जंगलों में क्यों मारा-मारा फिरता है, क्यों पांव तले कांटे रौंदता है? भगवान तेरे हृदय में ही बसता है। उसे बाहर जंगल में क्यों ढूंढ़ रहा है?

❁

फ़रीदा इनी निकी जंघीऐ थल डूगर भविओमि।
अजु फ़रीदै कूज़ड़ा सै कोहां थी ओभि ॥20॥

(निकी = छोटी; जंघा = टांगें; थल = मरुस्थल; डूंगर = पर्वत; भवि ओमि = मैं घूमा; कूजड़ा = कूज़ा, मिट्टी का बर्तन; थीओमि = मेरे लिए हो गया।)

वृद्ध फ़रीद अपनी यौवनावस्था का स्मरण करते हैं और उसकी तुलना वृद्धावस्था से करते हुए कहते हैं : "इन छोटी-छोटी टांगों पर मैं मरुस्थल में और पर्वतमालाओं पर घूमता रहा। आज हालत यह हो गई है कि अपने ही पास पड़ा मिट्टी का प्याला भी मुझे सैंकड़ो कोस दूर प्रतीत हो रहा है।"

❁

फ़रीदा राती वडीआ धुखि-धुखि उठनि पास।
धिगु तिना दा जीविआ जिना विडाणी आस ॥21॥

(वडीआ = बड़ी, लम्बी; धुखि-धुखि = सुलग-सुलगकर; पास = पार्श्व, छाती का दाहिना या बायां भाग, अगल-बगल; धिगु = धिक्कार; विडाणी = बेगानी।)

प्रिय के बिछोह में रातें बहुत लम्बी हो गईं, काटते नहीं कटतीं। शरीर के दायें, बायें दोनों भाग सुलगते हैं। ऐसे समय अपने प्रिय के अतिरिक्त कोई शान्त नहीं कर सकता। धिक्कार है उनके जीने पर जो बेगानी आस लगाए रहते हैं।

❁

जे मैं होदा वारिआ मिता आइड़िआं।
हेड़ा जले मजीठ जिउ उपरि अंगारा ॥22॥

(जे = यदि; होदा = होता, जो वस्तु अपने पास है; वारिआ = छुपाकर रख लिया है; मिता = मित्र; आइड़िआं = आए हुए; हेड़ा = हृदय, दिल; मजीठ = लाल रंग।)

यदि घर आए मित्रों की नज़र से कोई चीज़ छिपाकर मैंने रख ली है, तो मेरा हृदय यों जले जैसे मजीठ लाल रंग पकाने के लिए अंगारों पर तपाया जाता है।

❁

फ़रीदा लोड़ै, दाख बिजउरीआ किकरि बीजै जटु।
हठै उन्नि कताइदा पैधा लोड़ै पटु ॥23॥

(लोड़ै = इच्छा करता है; दाख = अंगूर; बिजउरीआ = बाजोड़ (उत्तर-पश्चिमी सीमान्त प्रान्त) के इलाके के; हठै = जीर्ण-शीर्ण हो जाता है; पैधा = पहनना; पट = रेशम।)

(परिणाम कर्म के अनुसार निकलता है।)

जाट की इच्छा है कि उसे बाजोड़ क्षेत्र के अंगूर खाने को मिलें, किन्तु वह बीजता कीकर है। उसकी सारी उम्र ऊन कताने में बीत जाती है, हालांकि उसकी इच्छा रेशम के वस्त्र पहनने की है।

❁

फ़रीदा गलीए चिकड़ु दूरि थरु नालि पिआरे नेहु।
चला त भिजै कंबली रहा तो तुटै नेहु ॥24॥

(चिकड़ु = कीचड़; भिजै = भीगती है।)

शैख़ फ़रीद प्रेम की दुविधा का वर्णन करते हुए कहते हैं : गली में कीचड़ है, प्रिय का घर दूर है, मुझे प्रिय से प्रेम है। मैं चलूं तो मेरा कम्बल भीगता है, न चलूं तो प्रेम टूटता है।

❁

भिजउ सिजउ कंबली अलह बरसउ मेहु।
जाइ मिला तिना सजणा तुटउ नाही नेहु ॥25॥

(अलह = अल्ला।)

प्रेम की दृढ़ वचनबद्धता का वर्णन करते हुए शैख फ़रीद कहते हैं : हे भगवान, मेंह को बरसने दे, मेरा कम्बल भीगने दे, निचुड़ने दे। किन्तु हे भगवान, मैं अपने उस प्यारे से जा मिलूं, मेरा प्रेम अटूट बना रहे।

❁

मैं भोलावा पग दा मतु मैली हो जाइ।
गहिला रूहु न जाणई सिरु भी मिट्टी खाई ॥26॥

(भोलावा = भ्रम में, ग़लतफ़हमी में; गहिला = ग़ाफ़िल; जाणई = जानता)।

मैं इस ग़लतफ़हमी में था कि मेरी पगड़ी मैली हो जाएगी। ग़ाफ़िल, भ्रमित आत्मा ने यह न जाना कि मृत्युपरान्त, एक ऐसा दिन भी आएगा जब, कब्र में, मिट्टी मेरे सिर को भी खा लेगी।

❁

फ़रीदा सकर, खंड, निवात, गुड़, माखिउ, मांझा दुध।
सभे वस्तु मिठीआ रब न पुजण तुध ॥27॥

(निवात = नबात, मिसरी; माखिउ = शहद, मधु; मांझा दुध = भैंस का दूध; न पुजण = नहीं पहुंचती, मुकाबला नहीं कर सकती।)

फ़रीद कहते हैं : शकर, खांड, मिसरी, गुड़, शहद, भैंस का दूध आदि वस्तुएं मीठी हैं, किन्तु ये वस्तुएं भी मिठास में भगवान की बराबरी नहीं कर सकतीं। भगवान इनसे भी मीठा है।

❁

रोटी मेरी काठ दी, लावणु मेरी भुख।
जिना खाधी चोपड़ी घणे सहनगे दुख ॥28॥

(लावणु = लवाज़म, वह वस्तु जिसके साथ खाना खाया जाता है; साग-सब्ज़ी, मांस आदि; घणे = घने, बहुत-से।)

मेरी रोटी काठ की तरह सख़्त है, स्वयं भूख ही मेरी साग-सब्ज़ी है। मैं इन्हीं से सन्तुष्ट हूं। जो लोग चिकनी-चुपड़ी खाते हैं, एक दिन बहुत दुःख पाएंगे।

❁

रुखी सुखी खाइ कै ठंडा पानी पीउ।
फ़रीदा देखि परायी चोपड़ी, ना तरसाए जीउ ॥29॥

शैख़ फ़रीद कहते हैं: रूखी-सूखी रोटी खाकर और ठंडा पानी पीकर सन्तुष्ट रहो। तपस्वी के लिए यह भोजन पर्याप्त है। किसी

धनवान का चुपड़ा स्वादिष्ट भोजन देखकर अपना जी मत तरसाओ।

❁

अज न सुत्ती कंत सिउ, अंग मुड़े मुड़ि जाइ।
जाइ पुछडु डोहागणी तुम किउ रैणि विहाइ ॥30॥

(डोहागणी = दुहागिन, सुहागिन का विलोम)

मैं आज अपने कन्त की सेज पर सो न पाई। मेरे अंग मुड़-मुड़ जाते हैं, देह को असह्य कष्ट हो रहा है। उन दुहागिनों की क्या हालत होगी जिन्हें सेज-सुख प्राप्त नहीं होता। उनकी रातें कैसे बीतती होंगी।

(सूफ़ी शब्दावली में प्रभु-सुमिरन का आनन्द सेज-सुख के तुल्य है।)

❁

साहुरै ढोई न लहै पेईऐ नाही थाउ।
पिर वातड़ी न पछई धन सोहागणि नाउ ॥31॥

(साहुरै = ससुराल; ढोई = शरण; पेईए = मैका; पिर = प्रिय; वातड़ी = ख़बर; धन = धन्य)

ससुराल में उसे शरण नहीं मिलती, पीहर में उसके लिए स्थान नहीं, उसका पति उसकी ख़बर तक जानने के लिए तैयार नहीं (उससे बात तक नहीं करता), यदि ऐसी स्त्री अपने-आप को सुहागिन मानती है तो वह धन्य है!

(संसार में ऐसे भी व्यक्ति हैं जिनकी इहलोक अथवा परलोक में कोई भूमिका नहीं है, यह व्यंग्य उन्हीं के लिए है।)

❁

साहुरै पेईऐ कन्त ही, कन्त अगम्म अथाह।
नानक सा सोहागणी जो भावै बेपरवाह ॥32॥

यह श्लोक गुरु नानक द्वारा रचित है। गुरु जी इहलोक और परलोक का विभाजन रद्द करते हुए कहते हैं कि ससुराल (परलोक), पीहर (इहलोक) में से विवाहिता (प्रभु-भक्त) कहीं भी रहे, यदि बेपरवाह परमात्मा उसे पसन्द करता है तो वास्तव में वह सुहागिन है।

संसार के लिए शुभ कर्म और व्यक्तिगत मुक्ति के लिए सुमिरन, ये दोनों ही कर्म प्रभु-भक्ति के रूप हैं। भगवान इन दोनों से ही रीझते हैं। भगवान इस तथ्य के प्रति उदासीन हैं कि कोई कर्म उन्हें समर्पित है अथवा उनकी सृष्टि को।

❁

नाती धोती, संबही, सुती आइ नचिंद।
फ़रीदा रही सु बेड़ी हिङ दी गई कथूरी गंध ॥33॥

(नाती-धोती = नहाई-धोई; संबही = बनी-ठनी; श्रृंगारयुक्त; नचिंद = निश्चिन्त; बेड़ी = लिपटी हुई; हिङ = हींग; कथूरी = कस्तूरी।)

नायिका ने स्नान भी किया, श्रृंगार भी किया, किन्तु निश्चिन्त भाव से प्रिय-संगति के बिना सो गई। ऐसी नायिका ने अपने शरीर पर जो कस्तूरी मल रखी थी उसकी गन्ध उड़ गई और वह हींग में लिपटी हुई रह गई।

सभी प्रकार के कर्म-कांड का निर्वाह करनेवाला व्यक्ति यदि प्रभु से एकाकार नहीं हो सका तो व्यर्थ है। मात्र कर्मकांडी की ख्याति नहीं, इहलोक अथवा परलोक में उसकी स्वीकृति नहीं।

❁

जोबन जांदे ना डरां जे सह प्रीति न जाइ।
फ़रीदा किती जोबन प्रीति बिन सुकि गए कुमलाइ ॥34॥

(सह = शौह, पति; किती = कितने ही)

यदि प्रिय से मेरी प्रीति बनी रहे, तो मुझे अपने यौवन के बीत जाने का डर नहीं, दुःख नहीं। क्या यह सत्य नहीं कि कितने ही यौवन प्रीति के अभाव में सूख जाते हैं; कुम्हला जाते हैं!

❁

फ़रीदा चिन्त खटोला वाणु दुखु बिरह विछावण लेफ।
एहु हमारा जीवणा तू साहिब मेरे वेखु ॥35॥

(चिन्त = चिन्ता; खटोला = खाट; वाण = मूंज आदि की रस्सी जिससे चारपाई बीनते हैं; लेफ = बिछावन, गदेला आदि।)

प्रभु मिलने के लिए व्याकुल, उन्निद्र भक्त की मनोदशा का चित्र हैं।

बाबा फ़रीद कहते हैं कि चिन्ता मेरी खाट है। दुःख इस खाट का बान है और विरह मेरा बिछावन-गदेला है। यह है हमारा जीवन, मेरे स्वामी, क्या हमारी ओर निहारोगे नहीं?

❁

बिरहा बिरहा आखीऐ बिरहा तू सुलतान।
फ़रीदा जितु तनि बिरहु न ऊपजै सो तन जाण मसाण ॥36॥

(मसाण = श्मशान।)

विरह का वर्णन हम साधारण अनुभूति के रूप में करते हैं, किन्तु विरह तो शिरोमणि अनुभूति है। जिस तन (व्यक्ति) में विरह का संचार नहीं होता, वह श्मशान के समान है, उसमें जीवन का अभाव है।

फ़रीदा एह विसु गंदला धरीआ खंडु लिवाड़ि।
इकि राहेदे रहि गए इकि राधी गए उजाड़ि ॥37॥

(गंदला = सरसों की बालियां जिनकी सब्ज़ी बहुत लोकप्रिय है; लिवाड़ि = लपेटकर; राहेदे = बीजते; राधी = बीजी)

कुछ विद्वानों का विचार है कि यह श्लोक स्त्री-जाति से सम्बन्धित है। किन्तु ऐसी व्याख्या का कोई ठोस प्रमाण नहीं। इन पंक्तियों का लेखक इस प्रकार की व्याख्या से सहमत नहीं। यह श्लोक किसी भी ऐसी वस्तु की अनुभूति से सम्बन्धित हो सकता है जो देखने में सुन्दर है किन्तु जिसका अन्तिम प्रभाव अहितकर है।

फ़रीद कहते हैं : ये मोहक पदार्थ विषैली गन्दलों के समान हैं, इन्हें लोगों तक पहुंचाने के लिए (इनका व्यापार करने के लिए) खांड़ में लपेट दिया गया है। कुछ लोग तो यह विषैली खेती करने में अपना सारा जीवन लगा गए और कुछ ऐसे भी हैं जिन्होंने ऐसी तैयार खेती को उजाड़ दिया।

फ़रीदा चार गवाइआ हंढि कै चारि गवाइआ सम्मि।
लेखा रबु मंगेसीआ तू आंहो केहरे कम्मि ॥38॥

(हंढि के = थककर, जर्जरित होकर; सम्मि = सोकर; मंगेसीआ = मांगेगा; आंहो = आए थे; केहरे = किस; कम्मि = काम के लिए।)

जीवन को सम्पूर्ण दिवस-रात्रि से उपमित करते हुए फ़रीद कहते हैं : चार प्रहर श्रम (सांसारिक कार्य-कलाप) में थक-हारकर, जर्जरित होकर गंवा दिए, शेष चार प्रहर सोकर बिता दिए। मृत्युपरान्त भगवान तुमसे हिसाब-किताब मांगेगा। वह पूछेगा, तू इस संसार में किस काम के लिए आया था।

फ़रीदा दर दरवाज़ै जाइ कै किउ डिठो घड़ीआलु।
एह निदोसां मारी ऐ हम दोसां दा किआ हालु ॥39॥

(निदोस = निर्दोष दोसां = दोषियों)

बड़े फाटक तक पहुंचकर हमने घड़ियाल क्यों देखा? घड़ियाल का कोई दोष नहीं, तो भी वह पीटा जाता है। हम तो दोषों से भरे हैं। हमारा क्या हाल होगा! कितना दंड मिलेगा हमें!

घड़ीए घड़ीए मारीए पहरी लहै सजाइ।
सो हेड़ा घड़ीआल जिउ दुःखी रैणि विहाई ॥40॥

(लहै = लेता है, पाता है; हेड़ा = हियरा, हृदय।)

मानव का जीवन अनवरत दुःख-चिन्ता में व्यतीत होता है। फ़रीद मानव-जीवन को भी घड़ियाल के समाऩ समझते हैं जो निरन्तर चोट खाता रहता है।

प्रत्येक घड़ी के बीतने पर वह पीटा जाता है। हर पहर के व्यतीत होने पर भी वह दंडित होता है। यह हृदय भी घड़ियाल है जो इसी प्रकार दंडित होता रहता है। हमारी जीवन-रात्रि दुःखों में ही व्यतीत होती है।

बुढ़ा होआ सेख फरीदु कंबणि लगी देह।
जे सउ वर्हिआ जीवणा भी तन होसी खेह ॥41॥

(कंबणि = कांपने; वर्हिआ = वर्षों; भी = तो भी, अनिवार्यतः; खेह = मिट्टी।)

शैख़ फ़रीद बूढ़ा हो गया, उसका शरीर कांपने लगा, भले

ही कोई व्यक्ति सौ वर्षों तक जिए, उसे अन्ततः मरना ही पड़ेगा। उसका शरीर अनिवार्यतः मिट्टी में मिल जाएगा।

❁

फ़रीदा बरि पराइऐ बैसणा सांई मुझै न देहि।
जे तू ऐवै रखसी जीउ सरीरहु लेहि ॥42॥

(बरि = द्वार; बैसणा = बैठना; ऐवै = इसी प्रकार; रखसी = रखेगा।)

हे मेरे स्वामी, मुझे किसी पराये द्वार पर मत पड़ा रहने दे। ऐसी नियति मेरे भाग्य में मत लिख। यदि तू मुझे इसी प्रकार (अर्थात पराये द्वार पर, पराये पर आश्रित) रखना चाहता है तो मेरे प्राण मेरे शरीर से निकाल ले।

❁

कंधि कुहाड़ा सिरि घड़ा वणि कै सरु लोहारु।
हउ लोड़ी सहु आपणा तू लोड़हि अंगिआरु ॥43॥

(कंधि = कन्धा; कै = अथवा; लोड़ी = ढूंढ़ता हूं; सह = शौह।)

मानव एक लोहार के समान है जिसके कन्धे पर कुल्हाड़ा है और सिर पर घड़ा है। क्या वह वन की ओर जा रहा है, वृक्ष काटने के लिए अथवा, क्या वह सरोवर की ओर जा रहा है, जल लाने के लिए? घड़ा कहता है, मुझे तो अपने मित्र, जल, की तलाश है और तुझे हे कुल्हाड़े, अंगारों की तलाश है। तू वृक्ष काटकर जलाएगा, जबकि मैं जल लाकर अग्नि-शमन करना चाहूंगा।

❁

फ़रीदा इकनां आटा अगला इकना नाही लोणु।
अजै गए सिंञापसण चोटी खासी कउणु ॥44॥

(इकनां = कई एक; अगला = बहुत ज़्यादा; लोणु = नमक के बराबर,

बहुत कम; सिंञापसण = पहचाने जाएंगे; खासी = खाएंगे।)

कई एक के पास आटा (खाद्य पदार्थ) ज़रूरत से कहीं अधिक है और कई एक ऐसे हैं कि उनके पास नमक के बराबर, अर्थात अपनी ज़रूरत से भी कहीं कम है। वे (शोषक और शोषित) भगवान के दरबार में पहचाने जाएंगे। उनमें से कौन दंडित होगा!

❁

पासि दमामे छतु सिरि भेरी सडो रड।
जाई सुते जीराण महि थीए अतीमा गड ॥45॥

(पासि = दायें-बायें; दमामे = नगाड़े, छतु = छत्र; भेरी = ढोल, ढाक, दुंदुभी; सडो = सद्द, शब्द, गूंज; रज = भाट, चारण; जीराण = क़ब्रिस्तान; अतीम = यतीम, अनाथ; थीए गड = गाड़े गए।)

जिन राजन्य-वर्ग के दायें-बायें नगाड़े बजते थे, सिर पर छत्र ताने रहते थे, जिनके द्वार पर भेरियां गुंजायमान थीं, चारण लोग जिनकी कीर्ति का बखान करते थे, वे अन्ततः क़ब्रिस्तान में जाकर सो गए और अनाथों की तरह धरती में गाड़ दिए गए।

❁

कोठे मण्डप माड़ीआं उसारेदे भी गए।
कूड़ा सौदा करि गए गोरी आए पए ॥46॥

(मण्डप माड़ीआं = भव्य प्रासाद, ऊंची इमारतें; उसारेदे = तामीर करते; कूड़ा = झूठा; गोर = क़ब्र।)

वे जिन्होंने ऊंची-ऊंची इमारतें बनवाई थीं (और सोचा था कि इनमें सदा के लिए टिक जाएंगे) उन्हें भी आख़िरकार यहां से जाना ही पड़ा। उन्होंने यहां झूठा (असत्य, नश्वर) कार्य-कलाप किया और अन्ततः क़ब्रों में दफ़न किए गए।

❁

फ़रीदा खिंथड़ि मेखा अगलीआ जिन्द न काई मेख।
वारी आपो आपणी चले मसाइक सेख ॥47॥

(खिंथड़ि = फ़कीर की गूदड़ी; मेखा = टांके; अगलीआ = बहुत-सी; जिन्द = जान, प्राण; मसाइक = मशाइख़, शैख़, का बहुवचन, मुरशिद।)

फ़रीद कहते हैं : गूदड़ी फट जाए तो सीने के लिए उसे बहुत-से टांके लगाए जाते हैं, किन्तु प्राण फटने लगें तो उन्हें एक भी टांका नहीं लग सकता। गूदड़ी भी प्राणों की अपेक्षा अधिक पक्की, सुरक्षित है। शैख़ और मुरशिद अपनी-अपनी बारी इस संसार से चल देंगे। फट रही गूदड़ी में टांके लगाकर उन्हें कुछ दिन और पहनने योग्य बना लिया जाएगा, किन्तु ऐसी सुविधा प्राणों के लिए नहीं।

❁

फ़रीदा दुहु दीवी बलंदिआ मलकु बहिठा आइ।
गड़ु लीता घटु लुटिआ दीवड़े गइआ बुझाइ ॥48॥

(दुहु दीवी = दो दीयों के; बलंदिआ = जलते हुए; मलकु = मलिकुल मौत, अज़राईल, मृत्युदूत; बहिठा = बैठा; गड़ु = गढ़, किला, यहां शरीर के अर्थ में; घट = जीवात्मा; लुटिआ = लूट लिया।)

फ़रीद कहते हैं कि दो दीये जल रहे थे (आंखें खुली थीं, सबकुछ देख रही थीं), मृत्युदूत आया और सामने बैठ गया। उसने किले (शरीर) पर कब्ज़ा कर लिया, किले के अन्दर की वस्तुओं (प्राणों) को लूट लिया और दीये बुझा दिए (आंखें ज्योतिहीन कर दीं)।

❁

फ़रीदा वेखु कपाहै जि थीआ जि सिर थीआ तिलाह
कमादै अर कागदै कुन्ने कोइलिआह।
मन्दे अमल करेदिआ एह सजाइ तिनाह ॥49॥

(कपाहै = कपास; थीआ = हुआ, कमादै = ईख, गन्ने की खेती; कागदै

= काग़ज़; कुन्ने = हंडिया; मन्दे अमल = कुकर्म।)

फ़रीद कहते हैं : देख, कपास का क्या हाल हुआ (वह धुनी गई), तिलों के सिर पर क्या बीती (कोल्हू में कुचले गए), ईख (बेलने में कुचली गई) और काग़ज़ (जलाया और गलाया गया) की क्या दशा हुई। हंडिया आग पर तपती रही और कोयले जलते रहे। इसी प्रकार की दुर्दशा उन लोगों की होगी जो कुकृत्य करते हैं।

❁

फ़रीदा कन्नि मुसला सूफ गलि दिलि काती गुड़ु वाति।
बाहरि दिसे चानणा दिलि अंधिआरी रात ॥50॥

(कन्नि = कन्धे पर; मुसला = मुसल्ला, नमाज़ पढ़ने के लिए चटाई; सूफ = कफ़नी; काती = कर्तरी, कैंची; वाति = मुंह; दिसे = दिखाई देता है; चानणा = प्रकाश।)

दम्भी धार्मिकों पर व्यंग्य कसते हुए फ़रीद कहते हैं : कन्धे पर नमाज पढ़ने का मुसल्ला है, गले में सूफ़ियाना कफ़नी हैं, दिल में कैंची और मुंह में गुड़ है। चेहरे पर नूर झलकता है किन्तु हृदय यों है जैसे अंधेरी रात।

❁

फ़रीदा रती रतु न निकलै, जे तनु चीरै कोई।
जो तन रते रब सिउ, तिन तनि रत्तु न होई ॥51॥

(रती = रत्ती, थोड़ा-सा भी; रतु = रक्त, लहू; रते = अनुरक्त।)

प्रभु-भक्त फ़रीद कहते हैं : यदि ख़ुदा से मुहब्बत करनेवाले का शरीर चीर भी डाला जाए तो उसमें से लहू की बूंद तक न निकलेगी। जो लोग रब से प्रेम करते हैं, उनके शरीर में लहू नहीं होता। तपस्या में उन्होंने अपने-आप को सुखा डाला है, अथवा

वे सबकुछ प्रभु को समर्पित कर चुके हैं, प्रभु-भक्ति के अतिरिक्त उनके पास कुछ भी नहीं।

❁

महला 3॥

इहु तनु सभो रतु है रतु बिनु तन्नु न होइ।
जो सह रते आपणे तिनु लोभु रतु न होइ।
भै पइऐ तनु खींणु होइ लोभु तु विचहु जाइ।
जिउ बैसन्तरि धातु सुधु होइ तिउ हरि का भउ दुरमति मैल गवाइ।
नानक ते जन सोहणे जि रते हरि रंगु लाइ ॥52॥

(बैसन्तरि = अग्नि; सुधु = शुद्ध; भउ = भय।)

उपर्युक्त विषय पर गुरु अमरदास का अभिमत है :

यह शरीर सारे का सारा लहू है, लहू के बिना शरीर हो ही नहीं सकता। जो अपने शौहर, पति परमेश्वर, के रंग में रंगे हैं, उनके शरीर में लोभ रूपी खून नहीं हो सकता (वे शोषक नहीं हो सकते, वे निर्बल लोगों का खून नहीं पी सकते)। परमात्मा के भय में रहने से तन क्षीण होता है (आत्मा बलवती होती है), अन्दर से लोभ का तत्त्व जाता रहता है। जैसे अग्नि धातु को शुद्ध (खोट-रहित, मल-रहित) कर देती है, वैसे ही हरि का भय दुर्मति रूप मल को ख़ारिज कर देता है। तृतीय नानक, गुरु अमरदास, कहते हैं कि वे लोग सुन्दर हैं जिन्होंने हरि-रंग में अपने-आप को रंग लिया है।

❁

फ़रीदा सोई सरवर ढूढि लहु जिथहु लभी वथु।
छपड़ि ढूढै किआ होवै चिकड़ि डुबै हथु ॥53॥

(जिथहु = जहां से; लभी = प्राप्त हो; वथु = वस्तु; छपड़ि = जौहड़; चिकड़ि = कीचड़।)

बाबा फ़रीद निर्मलता के पक्षधर हैं, मल के विरोधी। स्वच्छात्मा सज्जन उनके प्रिय हैं, अस्वच्छ दुरात्मा से वे दूर रहने का परामर्श देते हैं। वे कहते हैं : उस (गहरे और निर्मल) सरोवर की तलाश करो जहां से तुम्हें कोई वस्तु प्राप्त हो। उथले जौहड़ में हाथ डुबोने से क्या प्राप्त होगा। कीचड़ ही हाथ लगेगा।

❁

फ़रीदा नंढ़ी कंतु न राविआ वड्डी थी मुईआसु।
धन कूकेंदी गोर में तै सह ना मिलीआसु ॥54॥

(नंढ़ी = जवान; राविआ = रिझाया; वड्डी = बड़ी; थी = होकर; मुईआसु = मर गई; धन = स्त्री; कूकेंदी = गुहार करती है; गोर = क़ब्र; सह = शौह।)

जब जवान थी तो प्रेयसी ने अपना कन्त न रिझाया। बड़ी उम्र की होकर वह मर गई। वह स्त्री अब क़ब्र में चीख़ रही है–प्रिय पति, तू मुझे प्राप्त न हुआ।

❁

फ़रीदा सिर पलिआ, दाड़ी पली, मुच्छां भी पलीआं।
रे मन गहिले, बावले, माणहि किआ रलीआं ॥55॥

(पलिआ = पीला हो गया; मुच्छां = मूंछें; गहिले = ग़ाफ़िल; माणहि = आनन्द लेना; रलीआं = रंग-रलियां।)

वृद्धावस्था में रंग-रलियों का निषेध करते हुए बाबा फ़रीद कहते हैं : तेरे सिर के बाल पीले पड़ गए, दाढ़ी भी पीली होने लगी, मूंछों का रंग भी बदल गया। अरे ग़ाफ़िल, क्यों पगलों की-सी हरक़तें करता है, रंग-रलियां तुम्हें शोभा नहीं देतीं, ये तेरी आयु के अनुरूप नहीं।

फ़रीदा कोठे धुकणु केतड़ा, पिर नीदड़ी निवारि।
जो दिह लधे गाणवे, गए विलाड़ि विलाड़ि ॥56॥

(धुकण = दौड़ाना, उछलना-कूदना; केतड़ा = कितनी देर; पिर नींदड़ी = प्रिय के जागते हुए सो जाना; निवारि = दूर कर; दिह = दिन; गाणवे = गिनती के थोड़े से; बिलाड़ि = व्यर्थ, यों ही।)

शैख़ फ़रीद का उपदेश है : अरे व्यर्थ में समय गंवा रहे मनुष्य, कोठों पर (बच्चों-सी) यह उछल-कूद कैसी? प्रिय जाग रहा है, निद्रा को त्याग दे। तुझे गिनती के ही दिन मिले हैं, ये व्यर्थ में ही बीते जा रहे हैं।

फ़रीदा कोठे मंडप माड़ीआं एत न लाए चितु।
मिटी पई अतोलवी कोई न होसी मितु ॥57॥

(मंडप = महल; माड़ीआं = हवेलियां; अतोलवी = जिसे तोला नहीं जा सकता; मितु = मित्र।)

बाबा फ़रीद कहते हैं : कोठों, महलों, हवेलियों से इतना दिल न लगाओ। ये तो मिट्टी के रूप हैं, मिट्टी जिसे तोला नहीं गया, तोला नहीं जा सकता। मरेंगे तो मिट्टी के बने इन इमारतों-महलों-हवेलियों में कोई भी साथ न देगा, इनमें कोई भी हमारा मित्र नहीं।

फ़रीदा मंडप मालु न लाइ, मरग सताणी चिति धरि।
सोइ जाई सम्हाल, जिथै ही तौ वंञणा ॥58॥

(मंडप = महल; मालु = धन, सम्पत्ति; मरग = मृत्यु; सताणी = बलवती; जाइ = जगह; सम्हाल = सम्हाल ले, स्मरण कर; जिथै = जहां; वंञणा = जाना।

शैख़ फ़रीद का उपदेश है : मृत्यु बहुत बलवती हैं, इस पर ध्यान दे, राजप्रासाद, धन-सम्पत्ति आदि पर ध्यान न दे। अपना ध्यान उस स्थान पर केन्द्रित कर जहां तुझे अन्ततः जाना है।

❁

फ़रीदा जिनी कम्मी नाहि गुण ते कम्मड़े विसारि।
मतु सरमिंदा थीवही सांइ दै दरबारि ॥59॥

जिन कामों का कोई भी प्रशंसनीय गुण नहीं वे काम भुला दे। कहीं ऐसा न हो कि तुम्हें स्वामी के दरबार में, ऐसे कामों के परिणामस्वरूप, लज्जित होना पड़े।

❁

फ़रीदा साहिब की करि चाकरी दिल की लाहि भरांदि।
दरवेसां नो लोड़ीऐ रुखां दी जीरांदि ॥60॥

(भरांदि = भ्रांति; लोड़ीए = चाहिए; रुखा दी जीरांदि = वृक्ष जैसा हौसला, सहनशीलता, जिगरा।)

फ़रीद कहते हैं कि हृदय से भ्रांति उतार फेंको और निर्भ्रान्त रूप से स्वामी की सेवा करो। दरवेश को वृक्ष जैसी दृढ़ता एवं सहनशीलता की आवश्यकता है।

❁

फ़रीदा काले मैडे कपड़े काला मैडा वेसु।
गुनही भरिआ मैं फिरा लोकु कहै दरवेसु ॥61॥

(मैडे = मेरे; गुनही = गुनाहों से, पापाचार से; दरवेसु = फ़क़ीर, साधु-सन्त।)

फ़रीद कहते हैं : मैंने काले कपड़े पहन रखे हैं। ये काले वस्त्र सूफ़ी मार्गीय काली वेशभूषा ही है। मैं पापाचार से भरा चल-फिर

रहा हूं और लोग मुझे सूफ़ी दरवेश समझते हैं और कहते हैं।

सूफ़ी वेश धारण कर लेने पर भी मैं पापकर्म में प्रवृत्त हूं, इसकी मुझे लज्जा है। मुझे लगता है, मैं लोगों को धोखा दे रहा हूं।

❁

तत्ती तोइ न पलवै जे जलि टुमी देई।
फ़रीदा जो डोहागनि रब दी झूरेदी झूरेइ ॥62॥

(तत्ती तोइ = गरम पानी; पलवै = पल्लवित होता, फलता-फूलता; टुमी = डुबकी, गोता; डोहागनि = दुहागिन, परित्यक्ता; झूरेदी झूरेइ = झुरती, पछताती ही रहती है, निरन्तर दुःखी रहती है।)

कुम्हलाई लता-वल्लरी को गरम पानी से भली प्रकार सींच दिया जाए, तो भी वह फल-फूल नहीं सकती, इसी प्रकार, भगवान की परित्यक्ता भगवानेतर संगति में, लाख यत्न करने पर भी प्रसन्न नहीं हो पाती। झुरती-बिसूरती ही रहती है।

❁

जां कुआरी त चाउ वीवाही तां मामले।
फ़रीदा एहो पछोताउ वति कुआरी न थीऐ ॥63॥

(चाउ = चाव, शौक; मामले = मुआमले, उलझनें; वति = लौटकर; थीऐ = हो सकती।)

जब मैं कुंआरी थी तो मुझे शौक था कि मेरा विवाह हो जाए, जब ब्याही गई तो अनेक प्रकार की उलझनों में फंस गई। अब मुझे पछतावा है कि मैं पुनः कुंआरी नहीं हो सकती।

मनुष्य का मूल अस्तित्व बहुत स्वच्छ है। किन्तु एक बार सांसारिक अस्वच्छता में फंसकर पुनः अपनी आदि स्वच्छता को प्राप्त कर सकना असम्भव है।

कलर केरी छपड़ी आइ उलथे हंझ।
चिंजू बोड़नि ना पीवहि उडनि सेती डंझ ॥64॥

(कलर = ऊसर, शोरेवाली धरती; छपड़ी = जौहड़, तलैया; उलथे = (इस पर) उतरे हैं; हंझ = हंस, शुद्धात्मा, सन्त जन; चिंजू = चोंच; बोड़नि = डुबोते हैं; सेती = की; डंझ = प्यास।)

सन्त और संसार की प्रतिकूलता का परिचय देते हुए फ़रीद कहते हैं: यह संसार ऊसर-परती की धरती है, यहां उथले-से पानी की छोटी-सी तलैया है। हंस इस तलैया पर उतरे हैं, प्यासे हंस इस जल में अपनी चोंच डुबोते हैं किन्तु इस जल को अपेय समझते हैं, इसे पीते नहीं, अब उन्हें यही प्यास (इच्छा) है कि यहां से उड़ चलें।

हंस उडरि कोध्रे पइआ लोग विडारनि जाइ।
गहिला लोक न जाणदा हंस न कोध्रा खाई ॥65॥

(उडरि = उड़कर; कोध्रा = कदन्न, घटिया अनाज; विडारनि जाई = उड़ाने का यत्न करते हैं; गहिला = ग़ाफ़िल, मूर्ख।)

एक उड़ता हुआ हंस (स्वच्छात्मा सन्त) घटिया अनाज के खेत में गिर पड़ा, खेत के मालिक लोग उसे उड़ाने का यत्न करने लगे। मूर्ख लोग नहीं जानते कि हंस घटिया अनाज नहीं खाता। संसार में रहते हुए भी साधुचित्त लोग सांसारिक पदार्थों में लिप्त नहीं होते। वे संसार में गिरे हैं, अर्थात अपनी इच्छा के विरुद्ध भेजे गए हैं। संसार के प्रति अपना कर्तव्य निबाहते हुए भी वे सांसारिक वाञ्छा नहीं रखते, इसके प्रति उदासीन हैं।

चलि चलि गइआं पंखीआं जिनी वसाए तल।
फ़रीदा सर भरिआ भी चलसी थके कवल इकल ॥66॥

(पंखीआं = पक्षी; तल = तालाब; थके = उदास, थके-से।)

सांसारिक नश्वरता के निरन्तर प्रवाह का सुन्दर चित्र प्रस्तुत करते हुए बाबा फ़रीद कहते हैं : धरती पर पक्षी (अदृश्य से) चलकर आते हैं, यहां आकर तालाब को बसाते हैं (रौनक़ से भर देते हैं), फिर (अदृश्य में) लौट जाते हैं। पानी से भरा तालाब भी चल देता है (सूख जाता है)। शेष रह जाते हैं उदास, थके-से (कुम्हलाए हुए) कंवल।

अदृश्य से आनेवाले मानव पुनः अदृश्य में विलीन हो जाते हैं। नगर बसते हैं और उजड़ जाते हैं। शेष रहते हैं बसने और उजड़ने के कुछ चिह्न, खंडहर अथवा स्मारक।

❀

फ़रीदा इट सिराणे भुई सवणु कीड़ा लड़ियो मासि।
केतड़िया जग वापरे इकतु पइआ पासि ॥67॥

(सिराणे = सिरहाणे, तकिया; केतड़िया = कितने ही; पासि = करवट।)

मृत्युपरान्त क़ब्र में दफ़न निरीह व्यक्ति की दशा का वर्णन करते हुए बाबा फ़रीद कहते हैं कि कितने ही युग बीत गए। दफ़नाया हुआ मृत व्यक्ति एक करवट लेट रहा। सिर के नीचे तकिए की जगह ईंट है, पलंग की बजाय वह धरती पर सो रहा है। कीड़ा इसके मांस को काट रहा है। (इस्लामी अक़ीदे के मताबिक़ व्यक्ति क़यामत, महाप्रलय, तक इसी तरह क़ब्र में लेटा रहता है।)

❀

फ़रीदा भन्नी घड़ी सुवन्नवी टूटी नागर लजु।
अज़राईल फरेसता कै घर नाठी अजु ॥68॥

(घड़ी = मटकी, यहां मानव-देह; भन्नी = फूट गई; सुवन्नवी = सुन्दर रंगवाली; लज़ु = डोरी; नाठी = पाहुना।)

मृत्यु का प्रतीकात्मक शैली में वर्णन है। फ़रीद कहते हैं : सुन्दर रंगीन मटकी (घट = मानव-देह) फूट गई। कुएं से पानी निकालनेवाली डोरी (श्वास-शृंखला) टूट गई। (प्राण रूपी जल बह गया)। आज अज़राईल फ़रिश्ता (मृत्युदेव) किसके घर पाहुना है! उसकी ज्याफ़त (भोजन का न्योता) किसके घर है!

मृत्युदेव मनुष्य की देह, श्वास-शृंखला तोड़-तोड़कर खा रहा है, उसे किसी के घर भोजन जीमने का विशेष निमन्त्रण मिला है।

❁

फ़रीदा भन्नी घड़ी सुवन्नी टूटी नागर लज़ु।
जो सजण भुइ भार थे से किउ आवहि अज़ु ॥69॥

किसी परिचित व्यक्ति की मृत्यु पर दुःख महसूस करना और सोगवारी में शामिल होना सांस्कृतिक कर्तव्य है। मृत्यु समाचार अपने-आप में सहज निमन्त्रण है। जो लोग ऐसे समय में मृतक-परिवार से संवेदना व्यक्त करने के लिए नहीं पहुंचते, उन्हीं के सन्दर्भ में शैख़ फ़रीद कहते हैं : कहीं कोई रंगीन मटकी (सुन्दर देह) फूटी है, किसी के प्राणों की शृंखला टूट गई है। वे लोग जो मित्र समझे जाते थे किन्तु शोकातुर परिवार को सान्त्वना देने के लिए नहीं आए, वे तो धरती पर भार हैं। आज उनसे किसी प्रकार की संवेदना की अपेक्षा क्यों की जाए!

❁

फ़रीदा बेनिवाजा कुतिया एह न भली रीति।
कबही चलि न आइआ पंजे वखत मसीति ॥70॥

(बेनिवाज़ा = वह जो नमाज़ अदा नहीं करता। पंजे वखत = पांचा वक़्त, मुसलमान लोग दिन में पांच बार नमाज़ पढ़ते हैं। ये नमाज़े हैं : नमाज़-ए-सुबह, नमाज़-ए-पेशीन (सूर्य ढलते समय की नमाज़); नमाज़-ए-दीगर (तीसरे पहर की नमाज़); नमाज़-ए-शाम; नमाज़-ए खुफ़्तन (सोने के समय की नमाज़)

बाबा फ़रीद सूफ़ी फ़क़ीर थे, किन्तु शरह के पाबन्द थे, पांच वक़्त के नमाज़ी थे। जो नमाज़ अदा करने से चूक जाते हैं, उनके प्रति कठोर रुख़ अपनाते हुए कहते हैं : अरे कुत्ते, यह भली रीति नहीं। नमाज़ पढ़ने के दिन में पांच वक़्त हैं और तू कभी भी नमाज़ अदा करने के लिए चलकर मसजिद में नहीं आया।

❁

उठ फ़रीदा उज़ू साजि सुबह निवाज गुजारि।
जो सिर सांई ना निवै सो सिरु कपि उतारि ॥71॥

(उज़ू = वुज़ू, नमाज़ पढ़ने से पहले पंच स्नान; सुबह निवाज़ = नमाज़-ए-सुबह, कपि = काटकर)

बाबा फ़रीद दिन का आरम्भ खुदा के स्मरण से शुरू करना चाहते हैं। अपने-आप से सम्बोधित हैं : भाई फ़रीद, उठ, वज़ू कर, मुंह, हाथ, पांव धो और नमाज़-ए-सुबह अदा कर। जो सिर अपने मालिक के सामने नहीं झुका, उसे काटकर फेंक दे।

❁

जो सिर साई न निवै सो सिर कीजै कांइ।
कुन्ने हेटि जलाईऐ बालण संदै थाइ ॥72॥

(निवै = झुकता; कांइ = क्या; कुन्ने = हांडी; हेठि = नीचे; बालण = ईंधन; सदै = की; थाइ = जगह।)

जो सिर स्वामी के सामने झुकता नहीं, नमाज़ अदा नहीं करता, उस सिर का क्या किया जाए। वह सिर हांडी के नीचे चूल्हे

में, ईंधन के स्थान पर जलाया जाना चाहिए।

❁

फ़रीदा किथै तैडे मापिआ जिन्ही तू जणिओहि।
तै पासहु ओइ लद गए तूं अजै न पतीणोहि ॥73॥

(तैडे = तेरे; मापिआ = माता-पिता; जिन्ही = जिन्होंने; जणिओहि = जन्म दिया; लदि गए = चले गए; अजै = अभी; पतीणोहि = प्रतीति हुई।)

बाबा शैख़ फ़रीद कहते हैं : कहां हैं तेरे माता-पिता जिन्होंने तुझे जन्म दिया? तेरे पास से (तुम्हारे सामने ही) वे चल बसे। तुझे अभी तक प्रतीति नहीं हुई कि तुझे भी एक दिन चल देना है!

❁

फ़रीदा मन मैदान करि, टोइ टिब्बे लाहि।
अगै मूल न आवसी दोज़ख़ संदी भाहि ॥74॥

(मैदान = समतल; टोइ = गड्ढे; टिब्बे = टीले; लाहि = उतार दे; मूल न = बिल्कुल नहीं; आवसी = आएगी; संदी = की; भाहि = आग।)

शैख़ फ़रीद अपने-आप को समझाते हैं : अपने मन को समतल अथवा सरल कर अपने मन के गड्ढे और टीले (जटिलताएं) दूर कर। सरल बन जाएगा तो तुझे नरकाग्नि का सामना बिल्कुल नहीं करना पड़ेगा।

❁

महला 4॥

फ़रीदा ख़ालिकु खलक महि खलक वसै रब माहि।
मन्दा किसनो आखीए जांतिस बिन कोई नाहि ॥75॥

यह श्लोक गुरु अर्जुनदेव द्वारा रचित है। उन्होंने यह स्वरचित श्लोक शैख़ फ़रीद के नाम समर्पित कर दिया है। यह उनकी विशिष्ट

विधि है जिसके द्वारा उन्होंने शैख़ फ़रीद के प्रति अपनी श्रद्धा व्यक्त की है। गुरु जी बाबा फ़रीद से सम्बोधित हैं : स्रष्टा सृष्टि में समाया हुआ है और सृष्टि स्वंय स्रष्टा में रहती है। जब भगवान के अतिरिक्त दूसरा इस संसार में कोई है ही नहीं तो अपशब्द का प्रयोग किसके प्रति करें?

❀

फ़रीदा जि दिहि नाला कपिया जे गलु कपहि चुख।
पवन न इती मामले सहां न इती दुख ॥76॥

(नाला = नाड़ू, नाभिनाल; कपिआ = काटा गया; चुख = थोड़ा-सा; पवन = पड़ते; मामले = उलझनें।)

जीवन की दुःखमयी स्थिति से उबरने का एक ढंग यह भी हो सकता है कि मनुष्य स्वयं जीवन से ही मुक्त कर दिया जाए। इस दुःखद ढंग का वर्णन बाबा फ़रीद यों करते हैं : जिस दिन मेरा नाभिनाल काटा गया था, यदि उसी दिन मेरा गला थोड़ा-सा काट दिया जाता तो मुझे इतनी उलझनों का सामना न करना पड़ता और न ही इतने दुःख सहने पड़ते।

❀

चबण, चलण, रतन्न, से सुणीअर, बह गए।
हेड़े मुत्ती धाह से जानी चलि गए ॥77॥

(चबण = चबानेवाले दांत; चलण = चलनेवाली टांगें, रतन्न = आंखें; सुणीअर = सुननेवाले कान; हेड़े = हृदय; मुत्ती = छोड़ी; धाह = दहाड़; जानी = प्रिय।)

वृद्धावस्था का वर्णन है। वृद्धावस्था में मित्र ही साथ नहीं छोड़ते, बल्कि स्वयं अपने ही शरीर के कुछ अंग तक रूठ जाते हैं। इसी दुःखद स्थिति का वर्णन इस श्लोक में है :

दांत, टांगें, आंखें और कान थककर बैठ गए, निःशक्त हो गए। हृदय दहाड़ मारकर रोया, मेरे प्राणों से भी प्रिय मित्र मुझे छोड़कर चल दिए।

❁

फ़रीदा बुरे दा भला करि, गुसा मन न हंडाई।
देही रोग न लगई पलै सभु किछु पाई ॥78॥

शैख़ फ़रीद कहते हैं : जो तेरा उपकार करता है तू प्रतिदान में उसका भी उपकार कर। ऐसा करेगा तो तेरे शरीर में रोग नहीं लगेगा और दुनिया की सभी दौलत तेरी झोली में पड़ेगी।

❁

फ़रीद पख पराहुणी दुनी सुहावा बाग़।
नउबति वगी सुबह की चलण का करि साज ॥79॥

दुनिया की नश्वरता और भगवद्-भक्त की परलोकगमन के लिए तत्परता का चित्र इस श्लोक में है। शैख़ फ़रीद कहते हैं : यह संसार एक सुन्दर वाटिक है जिसमें प्राण-प्रखेरू एक पाहुने के समान रहता है। जीवन की रात्रि व्यतीत हो गई। प्रातःकालीन नगाड़ा बज उठा। पाहुने को सावधान किया जा रहा है कि उठ और चलने के लिए तैयार हो जा।

❁

फ़रीदा रात कथूरी वंडीऐ सुतिया मिलै न भाउ।
जिन्हां नैण नींद्रावले तिन्हां मिलण कुआउ ॥80॥

(कथूरी = कस्तूरी; भाउ = भाग, हिस्सा; नींद्रावले = नींदवाले; कुआउ = कैसा?)

भक्त लोग रात के शान्त वातावरण में भगवान का सान्निध्य

प्राप्त करते हैं। किन्तु कुछ लोग निद्राप्रिय होते हैं, वे इस अमूल्य निधि से वंचित रह जाते हैं। शैख़ फ़रीद का कथन है : रात के समय कस्तूरी बंट रही थी। जो सोये रहे उन्हें उनका भाग मिल न सका। जिनके नयन निद्रा से बोझिल थे, उन्हें भगवान को सुवासित सान्निध्य कैसे प्राप्त हो सकता था!

❁

फ़रीदा मैं जानिआ दुखु मुझु कू दुखु सबाइऐ जगि।
ऊचै चढ़ि कै देखिआ घरि-घरि एहा अगि ॥81॥

पन्त, सूफ़ी और भक्त व्यक्तिगत दुःखों को समूचे लोक-दुःख के सन्दर्भ में देखने के अभ्यस्त थे। इन पदों में भी शैख़ फ़रीद लोक-दुःख की तुलना में अपने निजी दुःख को नगण्य मानते हैं। वे कहते हैं : मैंने जाना था कि केवल मैं ही दुःखी हूं, किन्तु दुःखी तो सारा ही संसार है। स्व से ऊपर उठकर देखा तो अनुभूति हुई कि प्रत्येक घर उसी आग में जल रहा है जिसकी तपिश मैं महसूस करता हूं।

❁

महला 5 ॥

फ़रीदा भूमि रंगाबली मंझि विसूला बाग।
जो जन पीर निवाजिआ तिन्हां अंच न लाग ॥82॥

(विसूला = विषैला; निवाजिआ = कृपा छाया में है; अंच = आंच, आग का सेंक।)

इस श्लोक के रचयिता गुरु अर्जुनदेव हैं, किन्तु उन्होंने इसे भी शैख़ फ़रीद को समर्पित कर दिया। यह शैख़ साहिब के पूर्वोक्त पदों का ही पूरक है। गुरु जी कहते हैं : यह धरती बहुत सुन्दर है, मोहक है, किन्तु इसके बीच एक विष-वाटिका है। संसार की आग का सेंक उस व्यक्ति को नहीं लगता है जो पीर (गुरु) की कृपाछाया में है।

❁

महला 5॥

फ़रीदा उमर सुहावड़ी संगि सुवन्नड़ी देह।
विरले केई पाई अनि जिनहा पिआरे नेह ॥83॥

(सुहावड़ी = सुख-भरी; सुवन्नड़ी = सुन्दर रंगोंवाली।)

गुरु जी कहते हैं कि मानव को ईश्वर-प्रदत्त आयु भी सुहावनी है और उसका शरीर भी बहुत सुरंग-सुन्दर है। ऐसा शरीर बहुत दुर्लभ प्राप्ति है; किसी विरले को ही प्राप्त होता है जिनका प्रिय प्रभु से स्नेह हो।

❁

कन्धी वहन न ढाहि तउ भी लेखा देवणा।
जिधरि रब रजाइ वहण तिदाउ गंउ करै ॥84॥

(कन्धी = किनारे; वहन = प्रवाह; ढाहि = गिरा; रजाइ = रज़ा; तिदाऊ = उधर; गंउ = गमन।)

हे दरिया की धारा, स्वेच्छाचारी न बन, किनारों को मत तोड़, मत गिरा। जलधारा को परमात्मा की रज़ा के अन्दर ही रहना चाहिए, उसे उधर ही जाना चाहिए जिधर जाने का मार्ग परमात्मा ने नियमित कर रखा है।

मनुष्य को ईश्वरीय मर्यादा के अन्दर ही रहना चाहिए। स्वेच्छा से मर्यादा को भंग नहीं करना चाहिए। ईश्वर द्वारा निर्धारित सीमाओं का अतिक्रमण नहीं करना चाहिए।

❁

फ़रीदा डुखा सेती दिहु गइआ सूलां सेती राति।
खड़ा पुकारे पातणी बेड़ा कपर वाति ॥85॥

(डुखा = दुःख (बहुवचन), दिहु = दिन; पातणी = मल्लाह; कपर वाति = भंवर के मुंह में।)

शैख़ फ़रीद मानव-स्थिति का चित्रण इस प्रकार करते हैं : दिन दुःखों में बीता है और रात के समय हृदय में शूल उठता है। मल्लाह गुहार कर रहा है कि नैया तूफ़ानी लहरों (भंवर) के मुंह में है, किसी भी समय जल में डूब सकती है।

❁

लम्मी-लम्मी नदी वहै कन्धी केरै हेति।
बेड़े नो कपरु किआ करे जो पातण रहै सुचेत ॥86॥

(लम्मी = लम्बी, कन्धी = किनारे, केरै = गिराने; हेति = हेतु; कपरु = भंवर, पातण = मल्लाह।)

नदी (जीवन-प्रवाह) लम्बे रुख बहती है। बहाव के बल वह बहुत-से किनारों को गिराती जाती है। किनारों के गिरने से नदी में भंवर उठते हैं और नाव डगमगाती है। किन्तु यदि मल्लाह, जीवन-नौका का खिवैया, गुरु, सचेत है तो नदी के भंवर नौका का कुछ नहीं बिगाड़ सकते।

जीवन में बहुत-से अप्रत्याशित संकट हैं। मार्गदर्शक गुरु अथवा मुर्शिद ही इन संकटों में रक्षा कर सकता है।)

❁

फ़रीदा गलीं सु सजण वीह इकु ढूंढेदी न लहां।
धुखा जिउ मांलीह कारणि तिन्नहां मा पिरी ॥87॥

(गलीं = बातों-बातों में; सजण = भिन्न; वीह = बीसियों; लहां = प्राप्त करूं; धुखा = सुलगना, धुंधुवाना; मांलीह = सूखे गोबर का चूरा; पिरी = प्रिय।)

बातों-बातों में तो बीसियों लोग मित्रता जताते हैं। ढूंढ़ने पर।

मुझे एक भी नहीं मिला। अपने प्रिय के कारण मैं सूखे गोबर की तरह धुंधवाती हूं, किन्तु वह मुझे प्राप्त नहीं हो रहा।

❁

फ़रीदा इहु तन भउकणा नित-नित दुखीऐ कउणु।
कन्नी बुजे दे रहा किती वगै पउणु ॥88॥

(भउकणा = भौंकनेवाला; बुजे = कान बन्द करने के लिए ठूंसी रूई; किती = कितनी ही।)

फ़रीद कहते हैं : यह तन बहुत भौंकता है, व्यर्थ में बक-बक करता रहता है। अच्छा है, मैंने कानों में रूई ठूंस ली। चाहे कितनी ही हवा चलती रहे, अर्थात मेरा तन कितना भी भौंका करे, मैं उसकी बात न सुनूं।

❁

फ़रीदा रब खजूरी पकीआं माखिउ नइ वहन्नि।
जो-जो वंजे डीहड़ा सो उम्मर हथ पवन्नि ॥89॥

(माखिउ = शहद; वंजे = चला जा रहा है, व्यतीत हो रहा है।)

शैख़ फ़रीद कहते हैं कि भगवान तो पकी हुई खजूरों के समान है। वह यों है जैसे शहद की नदियां बह रही हों। उसका मिलन आनन्दमय है। किन्तु जीवन बहुत अस्थिर है। जो भी दिन व्यतीत हो जाता है, वह हमारी आयु को घटाता चला जाता है।

❁

फ़रीदा तनु सुका पिंजरु थीआ तलीआं खूंडहि काग।
अजै सु रब ने बाहुड़िओ वेख बंदे के भाग ॥90॥

(पिंजरु = अस्थिपंजर; खूंडहि = चोंच से चिंचोड़ते हैं; बाहुड़िओ = पहुंचा।)

फ़रीद कहते हैं : वृद्धावस्था से तन सूख गया, अब वह मात्र अस्थिपंजर रह गया। किन्तु उसे लिवा ले जाने के लिए भगवान् अभी तक नहीं पहुंचे। कैसे भाग्य हैं इस मनुष्य के।

❀

कागा करंगु ढढोलिआ सगला खाइआ मास।
ए दुई नैना मति छुहउ पिर देख की आस ॥91॥

(ढढोलिया = ढूंढ़ लिया।)

अति वृद्ध हो चुके भगवद्-भक्त की मानसिकता का चित्र है : कौआ ढूंढ़ता-ढूंढ़ता मेरे अस्थिपंजर तक पहुंच गया। भले ही वह मेरा सारा मांस खा जाए। अरे कौए, तू मेरी दोनों आंखों को मत छूना। अभी मुझे आशा है कि प्रिय दर्शन देंगे।

❀

कागा चूंड़ि न पिंजरा बसैत उडरि जाहि।
जिस पिंजरे मेरा सहु बसै मास न तिदू खाहि ॥92॥

(चूंड़ि न = मत चिंचोड़; पिंजरा = अस्थिपंजर; सहु = शौहर; तिबू = उसका।)

हे कौए, अस्थिपंजर हो चुके मेरे शरीर पर तू चोंच मत चला। इसे चिचोड़कर मत खा। जिस शरीर में मेरा प्रिय पति रहता है उसका मांस न खा।

❀

गोर निमाणी सडु करे निघरिआ घरि आउ।
सर पर मैथै आवणा मरणहु न डरिआहु ॥93॥

(गोर = क़ब्र; निमाणी = बेचारी; सडु = शब्द, आवाज; निघरिआ = बेघर इनसान; सर पर = अन्ततः, अनिवार्यतः; मैथै = मेरे पास।)

बेचारी क़ब्र आवाज़ें देती जा रही है, मनुष्य को बुलाए जा रही है : हे बेघर इनसान, तू अपने घर चला आ। तुझे अन्ततः मेरे ही पास आना है। मरना अवश्यम्भावी है। मरने से मत डर।

❁

ऐनी लोइणी देखदिआ केती चलि गई।
फ़रीदा लोक आपो आपणी मैं आपणी पई ॥94॥

(ऐनी = इन; लोइणी = आंखों; केती = कितनी।)

बाबा फ़रीद कहते हैं : इन आंखों के सामने कितने ही लोग चले गए, काल-कवलित हो गए। सब अपने भावी मरण से चिन्तित हैं अथवा उसकी प्रतीक्षा में हैं। मैं अपने मरण से चिन्तित हूं और अपनी मृत्यु की प्रतीक्षा में हूं।

❁

आप सवारहि मैं मिलहि मैं मिलिआ सुखु होई।
फ़रीदा जे तू मेरा होइ रहहि सभु जग तेरा होई ॥95॥

फ़रीद के अनुसार भगवान मनुष्य से कहते हैं : तू अपने-आप को संवारना चाहता है तो मुझे मिल। मुझे मिलने से ही तुझे सुख प्राप्त होगा। यदि तू मेरा हो रहेगा (अपना-आप मुझे समर्पित कर देगा), तो यह सारा संसार तेरा हो जाएगा (तुझे कोई अभाव नहीं रहेगा।)।

❁

कन्धी उतै रुखड़ा किचरकु बन्नै धीर।
फ़रीदा कच्चै भांडै रखीऐ किचरु तांई नीर ॥96॥

(कन्धी = नदी तट; रुखड़ा = वृक्ष; किचरकु = कब तक, वन्नै = बांधे, रखे; धीर = धैर्य, भांडै = बर्तन में; किचर = कितनी देर; तांई = तक।

मनुष्य का जीवन क्षणभंगुर है, अस्थायी है। फ़रीद कहते हैं : मनुष्य नदी तट पर उगा वृक्ष है। वह कब तक धैर्य रख सकता

है। उसका अधीर होना स्वाभाविक है। मिट्टी के कच्चे बर्तन (शरीर) में जल (प्राण) कितनी देर तक रखा जा सकता है। बर्तन फूटेगा ही, जल का बह आना अनिवार्य है। मृत्यु अटल है।

❁

फ़रीदा महल निसखण रह गए वासा आइआ तलि।
गोरां से निमाणीआं बहसनि रूहां मलि।
आंखी सेखां बन्दगी चलण अजु कि कलि ॥97॥

(निसखण = ख़ाली; वासा = निवास; तलि = (धरती के) नीचे; गोरां = क़ब्रे; निमाणीआं = बेचारी; रूहां = आत्माएं; आंखी = कहना; बन्दगी = भक्ति, समर्पण; चलण = मृत्यु।)

शैख़ फ़रीद कहते हैं : राजप्रासादों के स्वामी चल दिए, राजप्रासाद खाली रह गए। उनके स्वामियों का निवास धरती के नीचे (क़ब्रों में) हो गया। बेचारी क़ब्रों पर मृत व्यक्तियों की आत्माओं ने स्वामित्व जमा लिया। शैख़ (फ़रीद) से कहना कि भगवान की भक्ति करे, उसे आत्म-समर्पण कर दे, क्योंकि आज या कल उसे इस संसार से चलना होगा।

❁

फ़रीदा मौतें दा बन्ना इवें दिसै जिउ दरीआवै ढाहा।
अगै दोजकु तपिआ सुणीऐ हूल पवै काहाहा।
इकना नो सम सोझी आई इकि फिरदे वेपरवाह।
अमल जि कीतिआ दुनी विच से दरगह ओगाहा ॥98॥

(बन्ना = दिशा, ओर; ढाहा = ढहने की प्रक्रिया; दोजकु = दोज़ख़; हूल = कोलाहल, शोर; काहाहा = हाहाकार; इकना = कई एक; अमल = कर्म; ओगाहा = गवाह।)

फ़रीद कहते हैं : मौत की दिशा का दृश्य यों दिखाई देता है जैसे नदी की धारा कगारों को ढाह रही हो। सुनते हैं, परलोक

में नरकाग्नि तप रही है, वहां बहुत कोलाहल है, हाहाकार मच रहा है। कुछ लोगों को इस सबकुछ की समझ आ गई है (समझ गए हैं कि मृत्यु अवश्यम्भावी है और दुष्कृत्यों का दंड अनिवार्यतः मिलकर रहेगा।) परमात्मा के दरबार में शुभाशुभ कर्म ही हमारे भले-बुरे के गवाह होंगे। उन्हीं की गवाही के आधार पर हम दंडित अथवा पुरस्कृत होंगे।

❁

फ़रीदा दरीआवै कन्नै बगुला बैठा केल करे।
केल करेंदे हंझ नो अचिंते बाज़ पए।
बाज़ पए तिसु रब दे केलां विसरीआं
जो मनि चिति न चेते सनि सो गाली रब कीआं ॥99॥

(कन्नै = किनारे; केल = केलि; हंझ = बगुला (हंस जैसा सफ़ेद); अचिंते = अचिंत्य, अप्रत्याशित, अचानक; विसरीआं = भूल गई; गाली = बातें।)

मृत्यु मनुष्य को साधारणतः अप्रत्याशित ही दबोच लेती है। उसी का वर्णन है इस श्लोक में। नदी के किनारे पर बैठा एक आत्म-प्रसन्न बगुला छोटे-छोटे खेल खेल रहा था। वह तो खेलों में मग्न था, अचानक आकाश से एक बाज़ ने उस पर झपट्टा मारा। (मृत्युदेव ने अचानक उस शुभ्र सफेद बगुले को दबोच लिया।) भगवान का भेजा बाज उस पर झपटा तो उसे खेल भूल गए। ईश्वर द्वारा ऐसे काम हो जाते हैं जिनका हमें थोड़ा-सा पूर्वाभास भी नहीं होता।

❁

साढे चै मण देहुरी चलै पाणी अन्नि
आइओ बन्दा दुनी विचि वति आसूणी बन्नि
मलकल मौत जां आवसी सम दरवाजे भन्नि
तिन्हा पिआरिआ माईआं अगै दित्ता बन्नि

वेखहु बन्दा चलिआ चहु जणिआ दे कन्हि
फ़रीदा अमल जि कीते दुनी विचि दरगह आए कम्मि ॥100॥

(चलै पाणी अन्नि = पानी और अन्न के आश्रय चलती है; वति = वस्तु; आसूणी = आशावाली; मलकुल मौत = मौत का फ़रिश्ता, अज़राईल; भन्नि = तोड़कर; बन्नि = बांधकर; चहु जणिआ = चार जने; कन्हि = कन्धों पर; अमल = कर्म; दुनी = दुनिया; दरगह = परमात्मा का दरबार।)

शवयात्रा का चित्र है :

मनुष्य को देह ख़ूब हृष्ट-पुष्ट, साढ़े तीन मन वज़न की, मिली है। यह पानी और अन्न के आश्रय से चलती है (पतली-बढ़ती है), इनसान इस दुनिया में ऐसी वस्तु लेकर आता है जिससे बड़ी-बड़ी आशाएं बंधी रहती हैं। एक दिन मृत्युदेव आ पहुंचता है। उसे रोका नहीं जा सकता, वह सौ दरवाज़े तोड़कर भी मरणासन्न व्यक्ति तक पहुंच जाता है। प्रिय भाई उसे बांधकर श्मशान अथवा क़ब्रिस्तान की ओर बढ़ते हैं। वह देखो चार लोगों के कन्धों पर आदमी चला जा रहा है। दुनिया में उसने जो शुभ कर्म किए थे, परमात्मा के दरबार में वही काम आएंगे।

❁

फ़रीदा हउ बलिहारी तिन्ह पंखीआ जंगल जिन्हां वासु।
ककरु चुगनि थलि वसनि रब न छड्डण आसु ॥101॥

(बलिहारी = क़ुर्बान; ककरु = कंकर; थल = मरुभूमि।)

शैख़ फ़रीद कहते हैं : क़ुर्बान जाऊं ऐसे पक्षियों पर जो मरुस्थल में रहते हैं; कंकर चुगकर पेट पालते हैं, किन्तु भगवान पर आस लगाए रहते हैं। भगवान पर अपने विश्वास को हाथ से नहीं जाने देते।

❁

फ़रीदा रुति फिरी वनि कंबिआ पतझड़े झड़ि पाहि।
चारे कुंडा ढूंढीआ रहण किथाऊ नाहि ॥102॥

वृद्धावस्था के समय मनुष्य की हालत यों होती है जैसे ऋतु-परिवर्तन हुआ, हवा चलने से वन कांपने लगा, पत्ते झड़कर धरती पर गिरने लगे। वृद्ध कहता है, मैंने चारों दिशाओं में खोज की कदाचित कोई ऐसा भूखंड मिले जो इस ऋतु-परिवर्तन के प्रभाव से बाहर हो। मैंने देख लिया कि कहीं भी ऐसा स्थान नहीं जहां मुझे ठौर मिल सकता हो। अब मैं कहीं भी रह न पाऊंगा।

❁

फ़रीदा पाड़ि पटोला धज करी कंबलड़ी पहिरेउ।
जिनी वेसी सहु मिलै सेई वेस करेउ ॥103॥

(पटोला = रेशमी वस्त्र; पाड़ि = फाड़कर; धजकरी = टुकड़े-टुकड़े कर दूं; कंबलड़ी = छोटा-सा कम्बल; वेसी = वेष; सहु = शौहर; सेई = वही।)

फ़रीद कहते हैं : मेरी जी चाहता है सुन्दर रेशमी शिरोवस्त्र फाड़कर टुकड़े-टुकड़े कर दूं और सूफ़ी दरवेश की तरह कम्बल ओढ़ लूं। जो वेशभूषा धारण करने से मुझे मेरा प्रिय पति मिल सकता है, वही वेश अपना लूं।

❁

महला 3॥

काइ पटोली पाड़ती कंबलड़ी पहिरेई।
नानक घर ही बैठिआ सहु मिलै जे नीअति रासि करेइ ॥104॥

(नियत रासि = मनसा शुद्ध, सच्ची लगन।)

पिछले श्लोक (103) में फ़रीद ने सांसारिक रेशमी वस्त्र फाड़कर सूफ़ियाना कम्बल पहन लेने की अथवा संसार त्यागकर तारिकुद् दुनिया हो जाने की इच्छा व्यक्त की थी। उद्देश्य यह

है कि मुझे भगवान के दर्शन हों। इस श्लोक के प्रत्युत्तर में तृतीय गुरु अमरदास जी कहते हैं : रेशमी वस्त्र क्यों फाड़ते हो, क्यों ओढ़ते हो सूफ़ियों जैसा काला कम्बल? दुनिया छोड़कर तारिक (त्यागी) क्यों होते हो? यदि तुम्हारी नीयत रास है, प्रभु से मिलने की तुम्हारी लगन सच्ची है तो तुम्हारा प्रिय पति (प्रभु) तुम्हें घर में ही मिलेगा।

फ़रीद निवृत्तिमार्गी हो जाना चाहते थे, गुरु अमरदास उन्हें पुनः गृहस्थ की ओर प्रवृत्त करते हैं।

❁

फ़रीदा गरबु जिन्हा वडिआईआ धनि जोबन आगाह।
खाली चले धणी सिउ टिब्बे जिउ मीआहु ॥105॥

(वडिआईआ = बड़प्पन; आगाह = अगाध, अत्यधिक; धणी = पति; टिब्बे = टीले; मीआहु = वर्षा।)

शैख़ फ़रीद का कहना है : वे लोग जिन्हें अपने बड़प्पन (रुतबे), अत्यधिक धन और यौवन का गर्व था, वे अन्ततः, इस संसार से खाली, प्रभु-प्राप्ति के बिना, ही चले गए। जैसे वर्षा का पानी टीलों की चोटियों पर नहीं टिकता, वैसे ही अहंकारी व्यक्तियों के लिए प्रभु-प्राप्ति सम्भव नहीं।

❁

फ़रीदा तिना मुख डरावने जिना विसारिउनु नाउ।
ऐथै दुख घणेरिआ अगै ठउर न ठाउ ॥106॥

(विसारिउनु = वे भूल गए; घणेरिआ = घने, अधिक।)

जिन्होंने प्रभु का नाम भुला दिया, उनके मुख बहुत भयंकर दिखाई देते हैं। उन्हें इहलोक में भी अनेक दुःखों का सामना करना पड़ता है, परलोक में भी उनके लिए कोई ठौर-ठिकाना नहीं। भगवान

से टूटे हुए व्यक्ति लोक और परलोक, दोनों ही जगह तिरस्कृत हैं।

❀

फ़रीदा पिछल रात न जागिओहि, जीवदड़ो मुइओहि।
जे तै रबु विसारिआ, रबि न विसारिओहि ॥107॥

(पिछल रात = रात का पिछला पहर; जीवदड़ो = जीवित।)

रात का पिछला पहर भक्ति के लिए विशेषतः उपयुक्त है। प्रभु भक्त अमृत बेला में उठकर प्रभु का स्मरण करते हैं। शैख़ फ़रीद का कथन है : यदि तू रात के पिछले पहर में भी सोया रहा तो समझ ले कि तूने जीते जी ही अपने-आप को मार डाला। तू बेख़बर है, भगवान को भूल चुका है, प्रभु बेख़बर नहीं, वह देख रहा है कि तू अपने आध्यात्मिक कर्तव्य से पराङ्मुख है।

❀

महला 5॥

फ़रीदा कंतु रंगावला, वडा बेमुहताज।
अलह सेती रतिआ, ऐहु सचावा साजु ॥108॥

(कंतु = पति, प्रिय, प्रभु; रंगावला = रंगीला; बेमुहताज = जो किसी पर निर्भर नहीं; रतिआ = अनुरक्त; सचावा = सच्चा; साजु = शृंगार।)

पंचम गुरु अर्जुनदेव का शैख़ फ़रीद के प्रति विशेष प्रेम प्रतीत होता है। गुरु जी द्वारा रचित चार पद हैं जो उन्होंने फ़रीद के नाम समर्पित कर दिए हैं। गुरु जी का फ़रीद के प्रति यह आदर भाव अनन्य है। अपनी रचना में फ़रीद 'उपनाम' अपनाकर उन्होंने फ़रीद से तादात्म्य स्थापित कर लिया है। वे फ़रीद से सम्बोधित हैं : हे फ़रीद, प्रभु-पति बहुत सुन्दर स्वभाव का है, वह किसी पर निर्भर नहीं। भगवान से प्रेम करना यहीं मानव-पत्नी का शृंगार है।

महला 5॥

फ़रीदा दुखु सुखु इकु करि दिल ते लाहि विकार।
अलह भावै सो भला, तो लभी दरबार ॥109॥

(भावै = भाता है, अच्छा लगता है; लभी = मिलेगा।)

हे फ़रीद, दुःख और सुख को समान जानो। ये दोनों ईश्वर द्वारा संचालित हैं। इनको एक-दूसरे से भिन्न समझना मन की विकृति के कारण है। इस विकार को मन से उतार डालो। जो भगवान चाहता है, वही मानव के लिए भला है, सुखदायक है। यदि यह भावना मन में समा जाएगी तो भगवान का दरबार ढूंढ़ सकोगे।

महला 5॥

फ़रीदा दुनी वजाई वजदी तू भी वजहि नालि।
सोई जीउ न वजदा जिसु अलहु करदा सार ॥110॥

(दुनी = दुनिया; वजाई = बजाई; नालि = साथ; सार = ख़बरगीरी, ध्यान।)

हे मेरे मन, दुनिया वाद्य-यन्त्र के समान है। जैसे इसे बजाया जाता है, वैसे ही यह बजता है। तू भी इसी तरह से बज रहा है। वही जीव इस प्रकार, व्यक्तित्वहीन होकर, नहीं बजता जिस पर भगवान की कृपा है, और जो ख़बरगीरी रखता है।

महला 3॥

फ़रीदा दिल रत्ता इस दुनी सिउ, दुनी न कितै कम्मि।
मिसल फकीरा गाखड़ी, सु पाइऐ पूर करम्मि ॥111॥

(रत्ता = अनुरक्त; मिसल = तरह, समान; गाखड़ी = कठिन; पूर = पूर्ण; करम्मि = करम, कृपा, सौभाग्य।)

हमारा दिल तो इस दुनिया में अनुरक्त है और दुनिया हमारे किसी काम नहीं आ सकती। फ़क़ीरों जैसा निर्लिप्त जीवन पा सकना बहुत कठिन है। भगवान का परिपूर्ण अनुग्रह हो, अथवा व्यक्ति पूर्णतः सौभाग्यशाली हो तभी फ़क़ीरी जीवन प्राप्त होता है।

❁

पहिले पहिंरै फुलड़ा फलु भी पछा राति।
जो जागन्ह लहन्नि से साई कन्नो दाति ॥112॥

(फुलड़ा = फूल; लहन्नि = लेते हैं; कन्नो = से; दाति = दान, प्रतिदान।)

रात भक्ति का समय है। रात के पहले पहर में की गई भक्ति फूल के समान है और पिछले पहर में की गई भक्ति फल के समान। जो जागकर भक्ति करते हैं, वे ही स्वामी से प्रतिदान प्राप्त करते हैं।

❁

दाती साहिब संदीआ किआ चले तिसु नालि।
इक जागंदे ना लहनि इकन्हा सुतिआ देह उठालि ॥113॥

(दाती = दान में मिली वस्तुएं; किआ चलै = उस पर ज़ोर नहीं चलता।)

ये पद गुरुनानक देव रचित हैं। फ़रीद द्वारा भगवद्-भक्ति के दान की बात हुई तो आदि गुरुग्रन्थ के सम्पादक ने इसी सन्दर्भ में गुरुनानक का यह श्लोक भी अंकित कर दिया।

दान की सभी वस्तुएं स्वामी, प्रभु, के हाथ हैं, उस पर ज़ोर

नहीं चलता। रात-भर जागकर भक्ति करनेवाले कुछ लोग ऐसे भी हैं कि उन्हें प्रतिदान में कुछ नहीं मिलता। भगवान कृपालु हैं। हो सकता है कि वे किसी सोते हुए व्यक्ति पर भी कृपा कर दें और उसे अपने अनुग्रह से मालामाल कर दें।

❁

ढूढेदीए सुहाग कू तउ तनि काई कोर।
जिन्हा नाउ सुहागनी तिन्हा झाक न होर ॥114॥

(ढूढेदीए = हे ढूंढ़नेवाली; कोर = त्रुटि, कमी; झाक = झांक, अपेक्षा।)

हे सुहाग को ढूंढ़नेवाली, तेरे अन्दर कोई त्रुटि है। तू प्रिय के लिए अनन्य भाव से समर्पित नहीं। जिनका नाम सुहागिन है, वे अपने प्रिय के अतिरिक्त किसी अन्य से कोई अपेक्षा नहीं रखतीं, वे किसी और की तरफ़ झांकतीं तक नहीं।

❁

सबर मंझ कमाण ए सबरु का नीहणो।
सबर संदा बाणु खालकु खता न करी ॥115॥

(मंझ = हृदय के अन्दर; नीहणो = प्रत्यंचा, चिल्ला; खालक = कर्ता, भगवान; खता = ख़ता, ख़ाली।)

हृदय के अन्दर सब्र-शुक्र (सन्तोष) का धुनष होना चाहिए जिस पर सब्र की ही प्रत्यंचा चढ़ी रहनी चाहिए। सब्र-सन्तोष ऐसा बाण है कि स्वामी इसका निशाना ख़ता नहीं होने देता, तीर निशाने पर ही बैठता है।

❁

सबर अंदरि साबरी तनु एवै जालेन्हि।
होनि नजीकि खुदाइ दै भेत न किसी देनि ॥116॥

[साबरी = सोबर (सन्तोषोन्मुख व्यक्ति) का गुण, चरित्र; ऐवै = इस प्रकार, जालेन्हि = जलाते हैं; नजीकि = नज़दीक।]

सब्र में रहनेवाले लोग, साबरी में अपने तन को जलाते हैं अर्थात कठोर तपस्या में जीवन व्यतीत करते हैं। वे ईश्वर के निकट रहते हैं, अपने कष्टसाध्य जीवन का भेद वे किसी को नहीं देते।

सबर एह सुआउ जे तू बंदा दिड़ु करहि।
वधि थीवहि दरीआउ, टुटि न थीवहि वाहड़ा ॥117॥

(सुआउ = प्रयोजन, जीवनोद्देश्य; दिड़ु = दृढ़; वधि = बढ़कर; थीवहि = हो जाएगा; वाहड़ा = प्रवाह।)

सब्र जीवन का एकाग्र उद्देश्य है। हे मानव, यदि तू इसे दृढ़ता से अपना ले तो बढ़कर दरिया बन जाएगा। यदि सब्र की सीमा को तोड़कर बाहर निकलेगा तो आवारा प्रवाह बन जाएगा। यों न टूट, आवारा प्रवाह मत बन।

फ़रीदा दरवेसी गाखड़ी चोपड़ी प्रीति।
इकनि किन्नै चालीऐ दरवेसावी रीति ॥118॥

(गाखड़ी = कठिन; चोपड़ी = चुपड़ी, दिखावटी, उथली; दरवेसावी = फ़क़ीरोंवाली।)

हे फ़रीद, दरवेशी (फ़क़ीरी) बहुत कठिन है। तेरी प्रीति तो चुपड़ी हुई अर्थात दिखावटी वस्तु है। दरवेशों (फ़क़ीरों) की रीति का पालन कोई एक अर्थात विरला ही कर पाया है।

तनु तपै तनूर जिउ बालणु हड बलन्नि।
पैरी थकां सिरि जुलां, जे मू पिर मिलेन्हि ॥119॥

(बालणु = ईंधन; बलन्नि = जलें; जुलां = चलूं; मू = मुझे; पिर = प्रिय; मिलन्ह = मिलें।)

शरीर भले ही तन्दूर की तरह तपे, मेरी हड्डियां भले ही ईंधन की तरह जलें। यदि पांव थक जाएं तो मैं सिर के बल चलूंगा। यदि मुझे प्रिय इन्हीं यत्नों से मिल सकें, तो मैं यही यत्न करने के लिए तैयार हूं।

❁

तन न तपाइ तनूर जिउ, बालणु हड्ड न बाल।
सिरि पैरी किआ फेड़िआ अंदरि पिरी निहालि ॥120॥

(फेड़िआ = बिगाड़ा; निहालि = निहार।)

यह श्लोक गुरुनानक द्वारा रचित है। लगता है, गुरु जी ने ये पद शैख़ फ़रीद के पूर्वोक्त पदों के प्रत्युत्तर में लिखे। गुरु जी कहते हैं : अपने तन को तन्दूर की तरह न तपा, अपनी हड्डियों को ईंधन की तरह न जला। सिर और पैरों ने तेरा क्या बिगाड़ा है। इन्हें कष्ट मत दे। अपने प्रिय को अपने अन्दर ही देख।

❁

हउ ढूढेदी सजणा सजणु मैडे नालि।
नानक अलखु न लखीऐ गुरुमुख देई दिखालि ॥121॥

(मैडे = मेरे; गुरुमुख = गुरुमार्ग पर चलनेवाला।)

यह श्लोक चतुर्थ गुरु रामदास द्वारा रचित है। आदि गुरुग्रन्थ के सम्पादक ने इसे शैख़ फ़रीद के श्लोकों के अन्दर भी अंकित करना उचित समझा है। घोर तपस्या से निर्गुण प्रिय के दर्शन नहीं हो सकते। वह अमूर्त सत्ता न तन तन्दूर की तरह जलाने से दर्शन देती है, न सिर के बल चलने से। गुरु रामदास का मत है : मैं उस प्रिय को ढूंढ़ रही हूं जो मेरे संग-साथ हैं। वह अलख लखा

नहीं जा सकता। किन्तु गुरु द्वारा दीक्षित कोई व्यक्ति उसके दर्शन करा सकता है।

हंसा देखि तरंदिआं बगा आइआ चाउ।
डुबि मुए बग बपुड़े सिरु तलि उपरि पाउ ॥122॥

(हंस = शुद्धात्मा, सन्त; बग = बगुले, बपुड़े।)

अध्यात्म मार्ग में कुछ पाखंडी भी प्रवृत्त होने का यत्न करते हैं। किन्तु उनकी पोल शीघ्र ही खुल जाती है।

भवसागर में सन्त हंस की तरह तैरते हैं। उन्हें देखकर पाखंडी बगुलों को भी सूझी कि हम भी तैर लें। वे बेचारे इस यत्न में डूब गए। उनके सिर नीचे पानी में थे और पांव बाहर दिखाई दे रहे थे।

मैं जाणिआ वडहंस है ता मैं कीता संगि।
जे जाणा बग बपुड़ा जनमि न मेड़ी अंगि ॥123॥

(बडहंस = राजहंस; जनमि = जन्म से, शुरू से ही; मेड़ी = स्पर्श न करती।)

वह मुझे परमहंस-सा स्वच्छात्मा प्रतीत हुआ और मैं उसके सम्पर्क में आ गया। यदि मैं जान पाता कि वह परमहंस नहीं बगुला है, साधु नहीं, पाखंडी है तो शुरू से ही उसे अपने निकट न आने देता।

किआ हंसु किआ बगुला जा कउ नदरि धरे।
जे तिसु भावै नानका कागहु हंसु करे ॥124॥

इस श्लोक के रचयिता गुरुनानक देव हैं। यदि भगवान कृपा करें तो हंस (सन्त) और बगुले (पाखंडी) में भी अन्तर मिट सकता है। जिस पर कृपा-दृष्टि हो जाए, वह बगुला भी हंस हो सकता है। गुरु जी कहते हैं कि उसकी कृपादृष्टि से तो कौआ (सर्वथा असाधु) भी हंस (स्वच्छ साधु) हो सकता है।

❁

सरवर पंखी हेकड़ो फाहीवाल पचास।
इह तनु लहरी गडथीआ सचे तेरे आस ॥125॥

(हेकड़ो = एक ही; फाहीवाल = जाल बिछानेवाले, शिकारी; लहरी = लहरों में; गडथीआ = गाड़ा गया, फंस गया, उलझ गया।

सरोवर (भवसागर, संसार) में पक्षी (मानव) तो एक ही है किन्तु उसे जाल में फंसानेवाले शिकारी पचासों हैं। यह तन (अस्तित्व) लहरों (आशाओं, लालसाओं) में उलझ गया है। हे भगवान, इस मानव को तेरा ही सहारा है। इसे तू ही उबार सकता है, उबार ले।

❁

कवणु सु अखर कवणु गुण कवणु सु मणीआ मंतु।
कवणु सु वेसो हउ करी जितु वसु आवै कंतु ॥126॥

(कवणु = कौन; मणीआ = मणि, वेसो = वेष; वसु = वश।)

वह कौन-सा अक्षर, कौन-सा गुण, कौन-सी मणि अथवा मन्त्र है जिससे पति को रिझाया जा सकता है? वह कौन-सी वेशभूषा है कि मैं पहन लूं और पति मेरे वश में हो जाए?

❁

निवणु सु अखर खवण गुण, जिहबा मणीआ मंतु।
ए त्रै भैणे वेस करि तां वसि आवी कंतु ॥127॥

(निवणु = नमन; खवण = क्षमा; त्रै = तीन।)

यह श्लोक पिछले श्लोक का पूरक है। पूर्वोक्त श्लोक एक प्रश्न था, यह उस प्रश्न का उत्तर है। पति-परमेश्वर को वश में करने की विधि इस प्रकार है : नमन अक्षर है, क्षमा गुण और जिह्वा का सदुपयोग मणि है और मन्त्र भी। हे बहिन, इन तीनों को वेशभूषा की तरह अपना लो, तो वह परम पति अवश्य ही तेरे वश में हो जाएगा।

❁

मति होदी होइ इआणा।
ताण होदे होइ निताणा।
अणहोदे आपु वंडाए।
को ऐसा भगतु सदाए ॥128॥

(मति = मनीषा; होदी = होते हुए, ताण = त्राण, शक्ति; निताणा = शक्तिहीन; अणहोदे = कुछ न होते हुए; कम होते हुए, वंडाए = बांट दे; को = कोई; सदाए = कहलाए।)

बुद्धिमान होता हुआ भी अपने-आप को अजाना समझे, शक्ति-सम्पन्न होते हुए भी शक्तिहीन की भांति, नम्रता से, आचरण करे। बहुत कम धन-धान्य होने पर भी उसे दूसरों से बांट दे। कोई ऐसा व्यक्ति हो तो वह भक्त कहे जाने योग्य है।

❁

इकु फिका ना गालाइ, सभना मैं सचा धनी।
हिआउ न कैही ठाहि, माणक सभ अमोलवे ॥129॥

(फिका = फीका; गालाइ = बोल; सभना = सभी; हिआउ = हृदय; कैही = किसी का; ठाहि = तोड़; माणक = मोती; अमोलवे = अमूल्य।)

एक बात कहूं। तू कभी फीका मत बोल, सभी में उस सच्चे

स्वामी का निवास है। किसी का हृदय न तोड़। सभी के हृदय अमूल्य मोती हैं।

❁

सभना मन माणिक ठाहुण मूलि मचांग वा।
जे तउ पिरीआ दी सिक हिआउ न ठाहे कही दा ॥130॥

(सभना = सभी का; ठाहुण = तोड़ना; मूलि = बिल्कुल; पिरीआ = प्रिय; सिक = इच्छा; हिआउ = हृदय; कही दा = किसी का।)

सभी का मन मोती के समान अमूल्य है। इसे तोड़ना सर्वथा उचित नहीं। यदि तुझे प्रिय परमात्मा से मिलने की इच्छा है तो कभी किसी का हृदय न तोड़।

आदिग्रन्थ में संकलित पद

खैर दीजे बन्दगी

(राग आशा)

दिलहु मुहबति जिन्न सेई सचिआ।
जिन्ह मनि होरु मुखि होर सि कांढे कचिआ ॥1॥
रते इसक खुदाइ रंगि दीदार के।
विसरिआ जिन्ह नामु ते भुइभारु थीए ॥1॥ रहाउ॥
आप लीए लड़ि लाइ दरि दरवेस से।
तिन धन्नु जणेदी माउ आए सफल से ॥2॥
परवदगार अपार अगम बेअंत तू।
जिना पछाता सचु चुम्मा पैर मू ॥3॥
तेरी पनह खुदाइ तू बखसंदगी।
सेख फरीदै ख़ैर दीजे बंदगी ॥4॥

(दिलहु = दिल से; कांढे = कहे जाते हैं; रते = अनुरक्त; इसक = इश्क़; रंगि = मस्ती; भुइ = भूमि; थीए = हो गए; लड़ि लाइ = पल्लू से बांध लिया, स्वीकार कर लिया; धन्नु = धन्य; जणेदी = जन्म देनेवाली; परवदगार = परवरदिगार, पालनकर्ता; पछाता = पहचान लिया; मू= मैं; पनह = पनाह, शरण; बखसंदगी = क्षमारूप; ख़ैर = दान; बंदगी = भक्ति।)

भक्ति दान दो

1. जिन्हें दिल से मुहब्बत है, वे ही सच्चे हैं। जिनके मन में कुछ और है और मुख में कुछ और, वे कच्चे अर्थात झूठे कहे जाते हैं।

1. रहाउ (टेक)–जो ख़ुदा के इश्क़ में रसे-बसे हैं, वे उसके दर्शनार्थ मस्ती की अवस्था में हैं।

   जिन्होंने भगवान का नाम भुला दिया है, वे भूमि पर भार स्वरूप हैं।

2. जिन्हें प्रभु ने स्वयं अपना लिया है, वे ही उसके द्वार के वास्तविक दरवेश (साधु, सन्त, फ़क़ीर) हैं।

   धन्य हैं वह माता जिन्होंने उन्हें जन्म दिया है। उनका संसार में आगमन सफल है।

3. हे प्रभु पालनकर्ता, तू अपार है, अगम है, अनन्त है। तू सत्य है। जिन्होंने तुझे पहचान लिया है, मैं उनके चरण चूमता हूं।

4. भगवान मैं तेरी शरण में हूं, तू क्षमारूप है। शैख़ फ़रीद को दान में अपनी भक्ति दो।

जिमी पुछे असमान

(राग आशा)

बोलै सेख फरीदु पिआरे अलह लगे।
इन तनु होसी खाकु निमाणी गोर घरे ॥1॥
आज मिलावा सेख फरीद टाकिम कूंजडीआ मनहु-
मचिंदड़ीआ ॥1॥ रहाउ ॥
जे जाणा मर जाइए घुमि न आइए।
झूठी दुनीआ लगि न आप वञाइऐ ॥2॥
बोलीऐ सचु धरमु झूठु न बोलीए।
जो गुरु दसै वार मुरीदा जोलीए ॥3॥
छैल लघंदे पारि गोरी मनु धीरिआ।
कंचन वन्ने पासे कलवति चीरिआ ॥4॥
सेख हैयाती जगि न कोई थिर रहिआ।
जिसु आसणि हम बैठे केवे बैसि गइआ ॥5॥
कतिक कूंजां चेति डउ सावणि बिजीलीआं।
सीआले सोहदीआं पिर गलि बाहड़ीआं ॥6॥
चले चलणहार विचारा लेइ मनों।
गंढेदियां छिअ माह तुंडेदिआ हिकु खिनो ॥7॥
जिमि पुछे असमान फ़रीदा खेवट किन्ति गए।
जालण गोरां नाल, उलामे जी सहे ॥8॥

(टाकिन = मैं रोक लूं; कुंजडीआं = क्रौंच, यहां इन्द्रियां; मचिंदड़ीआ = उत्तेजित, उकसाई हुई; घुमि = घूमकर, लौटकर; वञाइए = गंवा दें, नष्ट

कर दें; वार = रास्ता; मुरीद = शिष्य; जोलीए = चले; छैल = बांके; कंचन वन्ने = सोने के रंगवाले, पासे = अंग; कलवति = करवत, आरा; हैयाती = जीवन, आयु; डउ = दावाग्नि; सीआले = सर्दियां; सोहदीआ = सुशोभित; बाहड़ीआं = भुजाएं; गंढेदिआं = रचते हुए; तुंडेदिआ = टूटते हुए; हिकु = एक; खिनो = क्षण; खेवट = मल्लाह; जालण = वक्त काटना; उलामे = उलाहने।)

धरती कहे आकाश से

1. शैख़ फ़रीद कहते हैं : प्यारे लोगो, अल्लाह में दिल लगाओ। यह शरीर एक दिन मिट्टी हो जाएगा और क़ब्र में अपना घर बना लेगा।

1. रहाउ (टेक)–आज फ़रीद का मिलन अपने प्रिय से होगा। मैं अपने मन की कूंजों को रोक लूं। वे मेरे मन को उकसा रही हैं।

2. यदि जानते ही हैं कि मर जाएंगे और लौटकर कभी नहीं आएंगे, तो फिर इस असार संसार में अपना मन लगाकर अपने-आप को व्यर्थ क्यों गंवाएं?

3. हमें चाहिए कि सदा सत्य कहें, झूठ कभी न बोलें। मार्गदर्शक गुरु जो राह दिखाएं, उसी पर चलें।

4. जब बांके (सन्तजन) नदी (भवसागर) से पार उतरने लगे तो गोरी (जीवात्मा) का अधीर मन भी आश्वस्त हुआ कि हम भी पार उतर जाएंगे। इस संसार में अनुरक्त स्वर्ण वर्ण व्यक्ति आरे से चीरे जाएंगे।

5. शैख़ साहिब समझाते हैं कि किसी व्यक्ति का जीवन स्थिर नहीं। आज हम जिस आसन पर बैठे हैं, हमसे पूर्व इस आसन पर बहुत-से लोग बैठे थे और चले गए थे।

6. कभी ऐसे भी दिन आते हैं, जब इन्द्रियां मनुष्य को कुछ करने के लिए उकसाती हैं, ये दिन कार्तिक मास में कूंजें के उड़ने के समान होते हैं। फिर कुछ दिन ऐसे भी होते हैं जैसे शरीर में कामाग्नि प्रज्वलित होती है, जैसे चैत्र मास में दावाग्नि भड़क उठी हो। कुछ दिनों में चांचल्य मन को यों विदीर्ण करता है जैसे सावन महीने में बिजली आकाश में चमक उठती है। आध्यात्मिक दृष्टि से ये सभी दिन सांसारिक विलास के हैं। प्रभु-प्रेमी को चाहिए हेमन्त के-से दिन। उसे चाहिए परमात्मा के सान्निध्य का अनुभव जैसे हेमन्त में प्रेयसी को अपने प्रिय के गले में बांहें डालने से प्राप्त होता है।

7. इस नश्वर संसार से मनुष्य अन्ततः चल देते हैं। संसार से विदा होते समय उनके मन में एक ही विचार होता है कि मानव शरीर रचना के लिए तो छः महीने लगते हैं किन्तु इसे टूटते एक ही क्षण लगता है।

8. धरती आकाश से पूछती है कि वे लोग, जो अपने-आप को उद्धारक, मार्गदर्शक मानते थे, कहां गए। उत्तर मिलता है कि वे क़ब्रों में लेटे अपना वक़्त काट रहे हैं और उनके हृदय को मुनकर और नकीर से उलाहने सुनने पड़े रहे हैं।

   (मुनकर और नकीर दो फ़रिश्ते हैं। इस्लामी मत के अनुसार वे क़ब्र में मुर्दो से पूछ-ताछ करते हैं।)

बावलि होई

(राग सूही)

❁

तपि तपि लुहि लुहि हाथ मरोरउ।
बावलि होई सो सहु लोरउ ॥
तै सहि मन महि कीआ रोसु।
मुझ अवगन सह नाही दोसु ॥1॥
तै साहिब की मैं सार न जानी।
जोबन खोइ पाछै पछुतानी ॥1॥ रहाउ॥
काली कोयल तू कित गुन काली।
अपने प्रीतम के हउ बिरहै जाली ॥
पिरहि बिहून कतहि सुखु पाए।
जो होइ कृपालु ता प्रभू मिलाए ॥2॥
विधण खुही मुंध इकेली।
ना को साथी ना को बेली ॥
करि किरपा प्रभि साध संग मेली।
जा फिरि देखा तो मेरा अलहु बेली ॥3॥
वार हमारी खरी उडीणी।
खन्निअहु तिखी बहुत पिईनी ॥
उसु ऊपर है मारग मेरा।
सेख फरीदा पंथ सम्हरि सवेरा ॥4॥

(लुहि लुहि = जल-जलकर; लोरउ = ढूंढ़ती हूं; सार = मूल्य, क़दर; बिहून = विरहित, बिना; विधण खुही = उजड़ा हुआ कुआं (जहां कोई स्त्री

पानी भरने के लिए नहीं आती); मुंध = मुग्धा; बेली = मित्र; अलहु बेली = एक अल्लाह ही मेरा मित्र है, उसके सिवा अपना कोई नहीं; खरी उडीणी = बहुत उदास; खन्निअहु = तलवार की धार से; तीखी = तेज; पिईनी = पतली; सम्हरि = संभाल ले; सवेरा = शीघ्र।)

प्रिय की पगली

1. प्रेमाग्नि की तपिश सह रही हूं, जल रही हूं, अप्राप्ति के कारण हाथ मल रही हूं।

   पगली-सी हो गई हूं, उन्मादावस्था में अपने प्रिय को ढूंढ़ रही हूं।

1. रहाउ (टेक)–हे मेरे प्रियतम, मैं तेरा मूल्य-महत्त्व नहीं जान सकी। यौवन (तुम्हें प्राप्त करने का अवसर) खो चुकी हूं और अब पछता रही हूं।

2. अरी कोयल, मैं तो अपने प्रियतम के विरह में जल चुकी हूं। तू किस कारण काली है? क्या तू भी विछोह में जली है?

   जो अपने प्रिय से बिछड़ी हुई है, उसे सुख कहां? प्रभु कृपा करें तो ही प्रिय से मिलन सम्भव है।

3. मुग्धा उजड़े हुए कुएं में गिर गई है। यहां तो कोई स्त्री पानी भरने तक नहीं आती। मुग्धा नितान्त अकेली है। यहां न कोई साथी है न सखी। प्रभु कृपा करें तो वे साधु का संग प्राप्त करवा दें। भगवान का ही आश्रय है। वही है यहां एकमात्र मित्र।

4. मेरे मार्ग में अत्यधिक उदासी छा रही है। यह रास्ता तलवार की नोक से तीखा और (बाल से भी) बारीक़ है। इस मार्ग पर मुझे चलना है। शैख़ फ़रीद, अपनी यात्रा पर शीघ्र ही चल दो।

भरि सरवरु जब ऊछलै

(राग सूही ललित)

बेड़ा बंधि न सकिओ बंधन की बेला।
भरि सरवरु जब ऊछलै तब तरणु दुहेला ॥1॥
हथु न लाइ कसुंमड़ै जलि जासी ढोला ॥1॥ रहाउ॥
इक आपीनै पतली सह केरे बोला।
दुधा थणी न आवई फिरि होइ न मेला ॥2॥
कहै फरीदु सहेलीहो सहु अलाएसी।
हंसु चलसी डुम्मणा अहि तन ढेरी थीसी ॥3॥

(बेड़ा = नौका; तरणु दुहेला = दुस्तर; कसुंमड़ै = भड़कीले किन्तु कच्चे रंग का फूल, नश्वरता का प्रतीक; जासी = जाएगा; ढोला = प्रिय; आपीनै = स्वयं; पतली = दुर्बल; केरे = कठोर; थणी = स्तनों में; अलाएसी = बुलाएगा; हंसु = आत्मा; डुम्मणा = उदास; थीसी = हो जाएगी।

जब सागर की लहरें उछलने लगेंगी

1. भवसागर को पार करने के लिए एक नौका की जरूरत है। जब नौका बांधने (बनाने) का अवसर था, तू (हे जीवात्मा), नौका न बना सकी।

   जब इस सागर की लहरें उछलने लगेंगी, तब यह दुस्तर हो जाएगा।

1. रहाउ (टेक)–कुसुम फूल को मत छू, आग जैसे भड़कीले इस फूल को छूते ही, हे प्रिय, तू जल जाएगा। इस भड़कीली माया से स्नेह मत कर, यह तेरी स्वच्छता का नाश कर देगी।

2. एक तो नायिका (मनुष्य) स्वयं दुर्बल है, जिस पर पति परमेश्वर के बोल बहुत कठोर हैं।

   मानव जन्म ही एक अवसर है भगवान से मिलने का। इसे गंवाकर पछताएगा। जिन स्तनों से दूध एक बार निकल जाता है, उन्हीं स्तनों में दोबारा नहीं आता।

3. फ़रीद कहते हैं, हे सखियो, शौहर (पति परमेश्वर) बुलाएगा। जीवात्मा उदास होकर चल देगी। यह शरीर ढेर (शव) होकर रह जाएगा।

गुरुग्रन्थेतर श्लोक

1. **फ़रीदा इके तां सिक्कण सिक्क, इके तां पुच्छ सिकंदिआं।**
   तिन्हां पिच्छे ना मुक्क, जो सिक्कण सार न जानणी ॥

(इके = या, अथवा; सिक्क = प्रेम, इच्छा; मुक्क = समाप्त होना, गंवा देना; सार = क़दर, मूल्य, समझ।)

बाबा फ़रीद कहते हैं : या तो भगवान से प्रेम कर, या उन लोगों से भगवान की पूछताछ कर जो भगवान से प्रेम करते हैं। तू उन लोगों का अनुसरण करता हुआ अपने-आपको नष्ट न कर दे, जो प्रेम का मूल्य नहीं समझते।

❀

2. **फ़रीदा सिक्कां सिक सिकंदिआं, सिक्कें डीहें रात।**
   मैंडीआं सिक्कां सम पुजण, जां पिरिआ पाई ज़ात ॥

(सिक्कां = इच्छाएं, डीह = दिन; मैंडीआं = मेरी; पुजण = पूरी हो जाएं; पिरिआ = प्रिय; ज़ात = दृष्टिपात।)

फ़रीद कहते हैं : सांसारिक इच्छाओं में सारी आयु व्यतीत हो गई, दिन और रात मैं सर्वदा इच्छाओं के वश में रहा। यदि प्रिय एक बार मुझे देखने की कृपा करें, तो मेरी सभी इच्छाएं शान्त हो जाएं।

3. **फ़रीदा जिन तन बिरहा ऊपजै, तिन तन कैसा भास।**
इत तन एह भी बहुत है हाड, चाम और मास॥

(मांस = माशा-भर, मांस।)

हे फ़रीद, जो भगवान के विरह में रहते हैं, उनका शरीर मांसल कहां हो सकता है? प्रेमी के तन में हाड़ और चाम थे, इतना भी काफ़ी है। यदि माशा-भर (थोड़ा-सा) मांस भी हो तो क्या कहने!

4. **फ़रीदा मैं तन औगुण एतड़े, जेते धरती कक्ख।**
तौ जेहा मैं ना लहां, मैं जेहीआ कई लक्ख॥

(एतड़े = इतने; जेते = जितने; कक्ख = तिनके; तौ जेहा = तेरे जैसा; लहां = प्राप्त कर सकूं।)

फ़रीद कहते हैं : मेरे शरीर में इतने अवगुण हैं जितने इस धरती पर घास के तिनके हैं। हे भगवान, तेरे सदृश प्रिय तो इस संसार में एक भी नहीं मिलता, मुझ जैसी अवगुणों से भरी प्रेमिकाएं इस संसार में लाखों हैं।

5. **तन समुंद मनसा लहर अरु तारू तरें अनेक।**
ते बिरही क्यों जीवते, जो आह न करते एक॥

(मनसा = इच्छाएं, कामनाएं; तारू = तैराक।)

यह तन समुद्र है, मन में सतत उठनेवाली इच्छाएं इस समुद्र की लहरें हैं, चतुर लोग इन लहरों में कुशल तैराकों की तरह तैरते रहते हैं। किन्तु भगवान के विरही तो भोले-भाले हैं, वे तो आह भी नहीं करते और प्राण न्यौछावर कर देते हैं। कामनाओं की लहरों

में डूबने-उतराने की कला वे नहीं जानते।

❀

6. **असां तुसाडी सज्जणो, अट्ठे पहर सम्हाल।**
डीहों वस्सो मने महिं रातीं सपने नाल॥

(डीह = दिन; नाल = साथ।)

प्रिय, हम तो तुम्हें आठों पहर कसकर पकड़े रहते हैं। दिन के समय तुम हमारे मन में बसते हो, और रात के समय स्वप्न में हमारे साथ होते हो।

7. **प्रीतम तुम मत जाणिआ, तुम बिछरत हम चैन।**
दाधे बन की लाकड़ी, सुलगत हूं दिन रैन॥

(दाधे = दग्ध, जले हुए, जल रहे।)

हे प्रियतम, यह मत समझना कि तुमसे बिछड़कर हम चैन से रहते हैं। तुम्हारी प्रेमाग्नि में जले, हम तो जल रहे बन की लकड़ी के समान हैं, दिर-रात सुलगते रहते हैं, हमें चैन कहां?

❀

8. **विच्छोड़ा बुरियार, जित विछड़े तन दुब्बला।**
से माहूणू हैंसियार विच्छड़ मेटे (मोटे) जो थीअन॥

(बुरियार = बुरे, माहूणू = मनुष्य, हैंसियार = हिंस्र, जालिम, थीअन = बने रहते हैं।)

बिछोड़ा बहुत बुरा है, परमात्मा से बिछुड़कर आत्मा दुर्बल हो जाती है। वे मनुष्य अपने ही प्रति हिंस्र हैं, अपने-आप पर ही अत्याचार करते हैं। जो प्रिय परमात्मा से बिछुड़कर, मृतवत् होकर भी, अपना अस्तित्व बनाए रखते हैं (अथवा मोटे हो जाते हैं।)।

(हमारा अनुमान है कि 'मेटे' के स्थान पर उचित शब्द 'मोटे' है। 'दुबला' का विपरीतार्थक 'मोटे' ही होना चाहिए। 'मेटे' किसी कातिब की भूल प्रतीत होता है।)

❁

9. जो मूं लग्गा नेहु, तां मैं डुक्ख विहाजिया।
झुरां हब्भो ही डीहं, कारण सच्चे मा पिरी ॥

(नेहु = प्रेम; डुक्ख = दुःख; झुरां = बिसूरती हूं; हब्भो = सभी; मा पिरी = मेरा प्रिय।)

जिस क्षण मुझे प्रेम की अनुभूति हुई, उसी क्षण मैंने दुःख का सौदा खरीद लिया। तब से अब तक, अपने प्रिय के वियोग में, प्रतिदिन, बिसूरती हूं, दुःख झेलती हूं।

❁

10. फ़रीदा एह जो जंगल रुक्खड़े, हरियल पत्त तिन्हां।
पोथा लिख्या अर्थ दा, एकस एकस मांह ॥

(रुक्खड़े = वृक्ष; पत्त = पत्र, पत्ते।)

फ़रीद कहते हैं, जंगल में ये जो वृक्ष हैं जिनमें हरे-हरे पत्ते लगे हैं, इन्हें आध्यात्मिक ग्रन्थ समझो। पत्ते तो पत्र (काग़ज़) हैं। एक-एक पत्ते पर शब्द नहीं; सृष्टि का अर्थ लिखा हुआ है।

❁

11. फ़रीदा इके तां लोड़ मकद्दमी, इके तां अल्ला लोड़।
दौह बेड़ी ना लत्त धर, वंजीं वक्खर बोड़ ॥

(मकद्दमी = गांव का नम्बरदार, सांसारिक मुखिया; लोड़ = ढूंढ़ लें; वंजी = गंवा लेगा; वक्खर = सौदा, पूंजी, वस्तु।)

फ़रीद कहते हैं, या तो गांव के नम्बरदार को खोज ले (उसकी

शरण में रह) अथवा भगवान को खोज ले। दो नावों में पांव न रख। इस तरह तू अपनी पूंजी (मानव जन्म) को डुबो देगा अर्थात यह जन्म व्यर्थ में गंवा लेगा।

❀

12. फ़रीदा चूड़ैली स्यों रत्तिआ, दुनिया कूड़ा भेत।
एहनीं अक्खीं वेखदिआं उज्जड़ वंजी खेत ॥

(चुड़ैली = चुड़ैल, डायन, भूतनी; रत्तिआ = अनुरक्त; कूड़ा = झूठा; एहनीं = इन।)

फ़रीद कहते हैं : यह संसार तो डायन है। इस कुरूपा पर क्यों अनुरक्त है? यह झूठी है, इसका भेद तू न जान सकेगा। इन आंखों के सामने, देखते-देखते ही, तेरी खेती उजड़ जाएगी।

❀

13. फ़रीदा तन रह्या मन फट्या ताक़त रहो न काय।
उठ पिरी, तबीब थीओ, कारी दारू लाय ॥

(रह्या = रह गया; चुक गया, तबीब = हकीम, चिकित्सक; कारी = कारगर, प्रभावक; दारू = औषधि।)

फ़रीद कहते हैं : तन तो चुक गया, मन भी टूट गया, कुछ भी तो शक्ति शेष नहीं रही। हे मेरे प्रिय, अब तो चिकित्सक बनकर चला आ, और मुझे कारगर औषधि प्रदान कर, मेरा इलाज कर।

❀

14. पैरी कंडे पन्धड़ा, सेती सुजाणा।
भट्ठ हिंडोले दा पींथणा, सेती अजाणा ॥

(कंडे = कांटे; पन्धड़ा = पथ, रास्ता, मार्ग; सेती = साथ; भट्ठ = भाड़; हिंडोला = पंघूड़ा, पालकी; पींघणा = झूलना।)

यदि साथी सुजान सुज्ञानी हो तो प्रसन्नतापूर्वक चलना चाहिए, भले ही मार्ग कंटकाकीर्ण हो। किन्तु किसी मूर्ख अज्ञानी के साथ झूले (पालकी) जैसी सवारी में भी नहीं जाना चाहिए। भाड़ में जाए ऐसी यात्रा, ऐसा सहयात्री!

❁

15. फ़रीदा मू तन औगुण एतड़े चम्मी अन्दरवार।
हिक निरी ख्वारी थी रहे, जे डिस्सन बाहर वार ॥

(ऐतड़े = इतनी; चम्मी = चाम; हिक = इक, अन्य; ख़्वारी = अनादर; डिस्सन = दिखाई देते हैं।)

इस चाम के अन्दर (शरीर में) कितने ही अवगुण है जिन्हें मैं त्याग नहीं सकता। इनके अतिरिक्त कुछ अवगुण ऐसे भी हैं जो शरीर से बाहर दिखाई देते हैं। वे तो मात्र अपमान और अनादर का कारण हैं।

इसका अर्थ यों भी हो सकता है :

मेरे शरीर के अन्दर बहुत से अवगुण हैं। यदि ये अवगुण बाहर दिखाई देने लगें, तो बहुत ख़्वार होना पड़े, दुःख और अनादर भोगना पड़े।

❁

16. फ़रीदा लहरी सायर ख्वंहदीआं, मी सो हंस तरन्न।
क्या तरन्न बग बप्पड़े, जो पहली लहर डुबन्न ॥

(सायर = सागर; बग = बगुले; बप्पड़े = बेचारे।)

फ़रीद कहते हैं : समुद्र में थपेड़े एक-दूसरे से रगड़ खाते हैं। उन भयंकर लहरों में भी हंस तैरते हैं। किन्तु बेचारे बगुले भला कैसे तैर सकेंगे। वे तो पहली लहर में ही डूब जाएंगे।

(अथाह भवसागर में प्रभु-भक्त (हंस) सहज भाव से तैरते रहते हैं, किन्तु भक्तिहीन मनुष्य (बगुले) इस भवसागर में डूब जाते हैं। सांसारिक लालसा से टक्कर लेने की सामर्थ्य भक्तिहीन लोगों में नहीं।)

❁

17. फ़रीदा जै दर लग्गे नेहु, सो दर नाही छड्डणा।
आ पवे भावें मेंहु, सिर ही उप्पर झल्लणा ॥

(जैं = जिस; पवे = पड़े; भावें = बेशक, भले ही; झल्लणा = झेलना।)

फ़रीद कहते हैं : जिस द्वार से प्रेम हो जाए, उसे कभी नहीं छोड़ना चाहिए। भले ही भारी वर्षा होने लगे, उसे अपने सिर पर झेलना चाहिए, किन्तु अपना प्रेम-सम्बन्ध-विच्छेद नहीं करना चाहिए।

❁

18. तिक्कल कासा काठ दा वासा विच वणां।
बारीं अन्दर जालणा, दरवेशां, हरनां ॥

(तिक्लल = कमर; कासा = प्याला; वासा = रहना; बार = जंगल; जालणा = जलाना, व्यतीत करना; दरवेश = फ़क़ीर।)

फ़रीद कहते हैं : फ़क़ीर लोग कमर में लकड़ी का प्याला बांधे रखते हैं, वनोभूमि में निवास करते हैं। फ़क़ीर और हरिण जंगल में ही अपना कष्टदायक जीवन व्यतीत करते हैं।

❁

19. फ़रीदा जित्ती ख़ुशीआं कीतीआं तित्ती थीअम रोग।
छिल्लूं कारन मारीए खाधे दा क्या होग ?

(जित्ती = जितनी; तित्ती = उतनी; थीअम = मुझे हो गई; छिल्लूं =

छिलका; होग = होगा।)

फ़रीद कहते हैं : मैंने अपनी खुशी के लिए जो कुछ भी किया, वह मेरे लिए रोग बन गया। चावल आदि खाद्य पदार्थों का छिलका उतारने के प्रयास में ही मेरी पिटाई की गई, मुझे दुःख भोगना पड़ा। सोचता हूं, उन्हें खा लेने के उपरान्त मेरा क्या होगा, मुझे क्या दंड मिलेगा ?

❁

20. फ़रीदा पैरी बेड़ा ठेल के कंढे खड़ा न रौ।
वत्त न आवण थीसीआ, एत न नींदड़ी सौ ॥

(कंढे = किनारे पर; रौ = रहो; वत्त = पुनः; थीसीआ = होगा।)

फ़रीद कहते हैं : तुझे भवसागर के परले पार जाना है, पैरों से नौका ठेलकर यों ही किनारे पर खड़ा न रह। इस संसार में पुनः आना न होगा; इसलिए लम्बी तान कर न सो। भवसागर पार करने का अवसर खो न दे।

❁

21. फ़रीदा सुतिआं नींद, मत पवंदे इयों।
जिन्हां नैन निंद्रावले, धनी मिलन्दे क्यों ॥

फ़रीद कहते हैं : री प्रिय की प्रतीक्षा करनेवाली, सोने का यत्न न कर, यों तू गहरी नींद में डूब जाएगी। इस रस्ते पर मत चल। जिनकी आंखें नींद से भरी रहती हैं, उन्हें स्वामी की प्राप्ति नहीं होती। ऐसा न हो कि तू सो जाए, प्रियतम आकर चले जाएं और तू मिलन-सुख से विहीन रह जाए।

❁

22. फ़रीदा रातीं चार पहर डू सुत्ता डू जाग।
घणा सोवसी गोर महिं, लहसिया एह बैराग ॥

(डू = दो; गोर = क़ब्र; लहसिया = उतर जाएगी, पूरी हो जाएगी; वैराग = हसरत, कामना, लालसा।)

फ़रीद कहते हैं : रात (जीवन) के चार ही पहर हैं। दो सो ले (सांसारिक कार्यकलाप में खर्च कर ले) और दो पहर के लिए जागता रह (प्रभु-भक्ति में व्यतीत कर)। मरणोपरान्त क़ब्र में तुझे बहुत सोना होगा, नींद-सम्बन्धी तेरी वांछा भली प्रकार पूरी हो जाएगी।

❁

23. फ़रीदा रातीं सौवें खट, डींहीं पिट्टें पेट कूं।
जां तौ खट्टण वेल, तदाहीं तैं सौं रह्या॥

(खट = खाट; पिट्टें पेट कूं = पेट पालने के लिए धन्धा करता है; खट्टण = कमाई।)

बाबा फ़रीद कहते हैं : रात-भर तू खाट पर सोता रहा, दिन के समय तू पेट की ख़ातिर धन्धा करता रहा। कमाई (अध्यात्म-साधना) का समय तूने सोकर ही गुज़ार दिया।

❁

24. फ़रीदा जागणा ई तां जाग, रातड़ी हम विधाणीआं।
जे मू मत्थे भाग, पिरी विसारन ना करन॥

(रातड़ी = रात; हम = सम्पूर्ण; विधाणीआं = व्यतीत हो गई।)

बाबा फ़रीद कहते हैं, मेरे मन, रात तो सम्पूर्णतः व्यतीत होने को है, अब भी जागना (प्रभु-भक्ति करना) चाहता है तो जाग ले। यदि मेरे माथे में भाग्य होगा, तो प्रिय अपने भक्त को भूलेंगे नहीं।

❁

25. फ़रीदा पिरी विसारन बिआ रवण इ(ह) कुबुध चवेण।
कंचन रास विसार कर मुट्ठी धूड़ भरेन॥

(बिआ = अन्य, दूसरा; रवण = रमन, प्यार करना; रास = पूंजी।)

कैसी कुबुद्धि है उनकी जो एक तो अपने प्रिय (प्रभु) को भूल जाते हैं और, दूसरे, अन्य (सांसारिक) वस्तुओं से प्रेम करते हैं। वे कंचन की पूंजी को अनदेखा करते हैं और मुट्ठियां मिट्टी से भर लेते हैं।

❁

26. फ़रीदा तूं तूं करें दे जो मोये, मोये भी तूं तूं करन्न।
जिन्हीं तूं तूं न कीआ, तिन्ही न सिंजातो तन्न ॥

(सिंजातो = पहचाना।)

फ़रीद कहते हैं : जो लोग जीवन-भर तू, केवल तू कहते रहे, जिन्होंने अपने अहं को पूर्णतः मार डाला, मरणोपरान्त भी वे तू, केवल तू कहते रहे, वे पूर्णतः परम सत्य का रूप हो गए। जो अहं को त्यागकर तू, केवल तू, नहीं कह सके, वे उसे (परम सत्ता को) पहचान न सके।

❁

27. फ़रीदा जिन्हीं दा सबर कमान, अते जिकर कमावण कानीआं।
ओह्ना संदे बाण, ख़ालिक ख़ाली ना करे ॥

(सबर = सन्तोष; ज़िकर = सुमिरन; ओह्नां = उन; संदे = सम्बन्धित, के)

ख़ुदा के वे बन्दे जिन्होंने सब्र (सन्तोष, सहनशीलता) का धनुष बना रखा है और ज़िक्र (सुमिरन) को बाण बना रखा है, भगवत कृपा से उनका बाण खाली नहीं जा सकता, उनके यत्न कभी निष्फल नहीं हो सकते।

❁

**28. फ़रीद दर दसाईआं कानीआं, रब न घड़ीयेण।
लग्गण तिन्हां मुनाफ़िक़ां, जो कदी ना जानेण॥**

(दसाईआं = बताई, दिखाई; कानी = बाण; मुनाफ़िक़ = निफ़ाक़, कलह पैदा करनेवाला, ऐसा व्यक्ति जो देखने में मुसलमान हो, लेकिन दिल से मुसलमान न हो।)

उपर्युक्त तीर भगवान की दरगाह अथवा परमलोक से स्वतः प्रकट होते हैं। ईश्वर इन्हें सायास नहीं घड़ता। ये तीर मुनाफ़िकों (दम्भी धर्म-पालकों) को लगते हैं, हालांकि उन्हें पता तक नहीं चलता।

❀

**29. फ़रीदा कदे आहों हेकड़ा अते हुण थीओ परगट।
एओ पाव मशाहरू जी लाय बैठों हट॥**

(हेकड़ा = एक, वाहिद, अद्वैत; परगट = प्रकट, विश्व रूप; मशाहरू = इशारों से ज्ञातव्य; हट = हाट।)

हे भगवान, कभी केवल तुम्हीं थे, वाहिद और अद्वैत; तुम्हारे सिवा और कोई नहीं था। अब तुम सृष्टि में प्रकट हो गए हो, और तुमने नाना रूप धारण कर लिए हैं। कभी तुम अपने-आप में मात्र इशारा, चिह्न, अव्यक्त थे, अब तुमने विश्व की हाट लगा ली है, तुम सभी वस्तुओं, व्यक्तियों में प्राप्तव्य हो।

❀

**30. फ़रीदा किड्डी एह हिक्कड़ा, हुण भी थीसी इक्क।
ओह पयी टिन्ना ना करे, तेही लाइ उस सिक्क॥**

(हिक्कड़ा = एक; ते ही = उसी ने ही; लाइ उस = उसने लगाई; सिक्क = प्रेम की इच्छा।)

फ़रीद कहते हैं : कभी वह एक, अद्वैत था, अब भी केवल वह एक है, भविष्य में भी वही एक होगा। सभी रूपों में वह स्वयं ही होता है, कुछ अन्य नहीं होता। वही प्रेम की इच्छा, लालसा पैदा करता है।

❀

31. बुड्ढ़ा होया शेख़ फ़रीद, कंबण लग्गे टाह्ल।
टिंडरीआं जल लाणीआं, टुट्टण लगी माह्ल ॥

(टाह्ल = शीशम का वृक्ष, वृक्ष की डाली; घडियाल (इनमें से कोई भी अर्थ हो सकता है), टिंडरीआं = रहट की बालटियां; माह्ल = रहट की बालटियों की माला।)

मरणासन्न वृद्धावस्था का वर्णन है। बाबा फ़रीद कहते हैं : शैख़ फ़रीद वृद्ध हो चुका है। उसका शरीर रूपी वृक्ष कांपने लगा है, अथवा मृत्यु रूपी घड़ियाल कंपकंपाती आवाज़ देने लगा है, रहट की वह माला भी टूटने को है जिस पर लगी बालटियां पानी भर-भरकर लाया करती थीं। ऊर्जा के स्रोत सूख रहे हैं।

❁

32. फ़रीदा दमामा वज्जिआ मौत दा, चढ़िआ मलकुल मौत।
घिन्नण वाहे जिन्दड़ी, ढाहणवाहे कोट॥

(दमामा = नगाड़ा; चढ़िया = आक्रमण कर रहा; मलकुल मौत = मौत का फ़रिश्ता, यमराज; जिन्दड़ी = प्राण; कोट = क़िला, दुर्ग।)

फ़रीद कहते हैं : मृत्यु का फ़रिश्ता, मलिकुल मौत, नगाड़े बजाता हुआ यों चला आ रहा है जैसे कोई आक्रमणकारी हो। वह प्राणों को पकड़कर दूर फेंकेगा, दुर्ग आदि को भी नष्ट-भ्रष्ट कर देगा।

❁

33. कोट ढ़ट्ठा, गढ़ लुट्टिआ, डेरे पयी कहा।
जीवंदिआं दे होर राह, मोइआं दे एही राह ॥

(कोट = दुर्ग; कहा = क्रन्दन; जीबंदिआं = जीवित; होर = और।)

शक्तिशाली मनुष्य यों मरता है जैसे कोई क़िला तोड़ दिया गया हो, मृतक का परिवार यों अस्त-व्यस्त हो जाता है जैसे कोई दुर्ग लूटा जा रहा हो। समूचा डेरा (घर-परिवार) आर्त क्रन्दन करने लगता है। जीवन के मार्ग और ढंग के हैं, किन्तु मृत्यु का ढंग यही है।

❁

34. अज कि कल कि चौंह दिनीं, मलक असाडी हेर।
की जित्ता की हारिओ, सौदा एही वेर ॥

(चौंह = चार, असाडी = हमारी; हेर = देखना; एही = इसी; वेर = बार।)

आज या कल अथवा चार दिनों तक मृत्यु का फ़रिश्ता हमें भी ढूंढ़ता चला आएगा, मौत से बचा नहीं जा सकता। इस जीवन में कुछ सफलताएं हैं और कुछ असफलताएं। जीने का अवसर एक ही बार मिलता है। मरणोपरान्त एक दाव और लगाने का अवसर पुनः न मिल सकेगा। अतः जो कुछ भी करना है खूब सोच-विचारकर अभी, इसी जीवन में कर लो।

35. फ़रीदा करन हकूमत दुनी दी, हाकिम नाओं धरन।
अग्गे धौल पिआदिआं पिच्छे कोत चलन ॥
चढ़ चल्लण सुख-आसनी, उप्पर चौर झुलन।
सेज विछावन पाहरू जित्थे जाइ सवन ॥
तिन्हां जनां दीआं ढेरीआं दूरों पइआं दिसन्न।

(हक़ूमत = राज्य; हाकिम = राजा; धौल = धूलि; कोत = घोड़े, घोड़ सवार; सुख-आसनी = पालकी; चौर = चंवर; पाहरू = पहरेदार, दास; सवन = सोते हैं; ढेरीआं = क़ब्रें।)

वे लोग संसार पर राज्य करते थे और राजे कहलाते थे। उनके आगे-आगे प्यादे चलते थे। प्यादे इतने अधिक कि चलने से धूलि उड़ती थी। वे स्वयं पालकियों में बैठते थे, उनके ऊपर सेवक लोग चंवर डुलाते थे। उनके लिए दास बिछौने बिछाते थे जिन पर वे आराम से सोते थे। मौत ने उन्हें भी नहीं छोड़ा। उन लोगों की क़ब्रें दूर से ही दिखाई दे रही हैं।

36. फ़रीदा से दाढ़ीआं कुड़ावीआं जो शैतान भुचन्न।
अहरन तले वदान ज्यों दोज़ख़ खड़ धरियन्त ॥

(कुड़ावी = झूठी; अहरन = आहनी, लोहे का पिंड जिस पर लोहखंड

रखकर लोहार हथौड़े द्वारा पीटता एवं घड़ता है; वदान = घन, हथौड़ा; दोज़ख़ = नरक; खड़ = ले जाना; धरियन्न = रखते हैं।)

फ़रीद कहते हैं कि वे दाढ़ियां झूठी, पाखंड मात्र हैं, जिन्हें शैतान स्वभाववाले मनुष्य धारण करते हैं। ऐसे दढ़ियल आदमी दोज़ख़ में ले जाकर यों दंड पाएंगे जैसे आहनी पर रखा लोहखंड हथौड़े के नीचे पीटा जाता है।

❁

37. फ़रीदा दाढ़ीआं लख वत्तण, हभ न इक्को जेहीआं।
इक दर लख लहन, इक कक्खों कन्नू हौलीआं ॥

(वत्तण = चली जा रही है, देखने में आती है; हभ = सभी; जेही = जैसी; लहन = प्राप्त करती है; कक्ख = तिनका; कन्नू = से; हौली = हलकी।)

फ़रीद कहते हैं : दढ़िआं (दाढ़ीवाले आदमी) तो लाखों हैं, किन्तु वे सभी एक-से नहीं। कुछ दाढ़ीवाले लोग बहुत मूल्यवान हैं, वे लाख टके के मोल के हैं, और कुछ तिनकों-तीलों से भी हलके हैं, उनका कोई मूल्य नहीं।

❁

38. फ़रीदा उच्चा न कर सद्द, रब्ब दिलां दीआं जाणदा।
जे तुध विच कलब्ब, सो मझा हूं दूर कर ॥

(सद्द = शब्द करना, बुलाना; कलब्ब = क़ल्ब, दिल, ज़मीर; मझाहूं = अन्दर।)

फ़रीद समझाते हैं : ईश्वर तुम्हारे दिल की बात जानते हैं, उसे उच्च स्वर में गुहारने की आवश्यकता नहीं। तुम्हारे दिल अथवा ज़मीर में जो अवगुण है, उसे निकालकर अलग कर, क्योंकि वह ईश्वर से छुपा न रह सकेगा।

❁

39. फ़रीदा दुनी दे लालच लग्गिआं, मेहनत भुल्ल गई।
जां सिर आई आपणे, तां सब्भो बिसर गई ॥

(दुनी = दुनिया; सब्भो = सभी।)

फ़रीद कहते हैं : सांसारिक लोभ में लिप्त होकर मनुष्य अध्यात्म साधना अथवा तपस्या की ओर ध्यान नहीं देता। जब उसके सिर पर विपत्ति पड़ती है, अथवा मृत्यु आ पहुंचती है तो सभी लोभ-लालच बिसर जाते हैं, अथवा वे मनुष्य के किसी काम नहीं आते।

❁

40. फ़रीदा, इक विहाझें लूण, बिआ कस्तूरी झंग चवें।
बाहर लाइ सबूण, अन्दर इच्छा न थीवें॥

(विहाझें = व्यापार करते हो; बिआ = दूसरे; झंग = महकदार; चवें = बोलते हो; इच्छा = अच्छा, साफ़; थीवें = हो सकते।

फ़रीद कहते हैं : तुम व्यापार तो नमक का करते हो और बातें कस्तूरी की तरह महक़दार करते हो। बाहर साबुन रगड़ने से तुम अन्दर से साफ़ अथवा निर्मल नहीं हो सकते।

❁

41. फ़रीदा जंगल ढूंढें संघणा, लम्मे लुड़िआ न वत्त।
तन हुजरा दरगाह दा, तिस विच झाती घत॥

(संघणा = घना; लम्मे लुड़िआ = लम्बे रुख; हुजरा = मसजिद में छोटा-सा कमरा; दरगाह = खुदा का दरबार; झाती घत = झांको।)

फ़रीद कहते हैं, ईश्वर को घने जंगल में क्यों ढूंढते हो, क्यों लम्बे रुख, दूर-दूर तक, चले जा रहे हो? तुम्हारे शरीर में ही ख़ुदा का कक्ष है। इसी में तुम्हारे जप-तप के लिए हुजरा है। अपने अन्दर झांककर तो देखो।

❁

42. फ़रीदा हाथी सोहण, अंबारीआं, पीछे कटक हज़ार।
जां सिर आवी आपणे, तां को मीत न यार॥

(अंबारी = अमारी, हाथी का हौदा; कटक = फ़ौज, सेना।)

फ़रीद राजाओं के विषय में कहते हैं, तुम हाथियों पर बैठते हो

जिनकी पीठ पर सुन्दर हौदे सुशोभित हैं। तुम्हारे पीछे-पीछे हज़ार सैनिक चले आते हैं, किन्तु जब तुम्हारी मृत्यु का क्षण आ पहुंचेगा तो कोई तुम्हारा साथ न दे सकेगा, रक्षा न कर सकेगा। न गज़ न पदाति।

❁

43. फ़रीदा जे तू वंजें हज, हज हब्भो ही जीआ में।
लाह दिले दी लज, सच्चा हाजी तां थीयें ॥

(वंजे = जा रहे हो; हज = नियत समय पर मक्का मअज़्ज़मा में बैतअल्ला की ज़ियारत; लज = संकोच।)

शैख़ फ़रीद हज की कामना रखने वाले लोगों से कहते हैं : यदि तुम हज के लिए जाना चाहते हो, तो समझ लो कि सारा हज हृदय में ही है। अपना संकोच दूर करो, हृदय के भीतर उतरो, सच्चा हाजी बनने का यही ढंग है।

❁

44. फ़रीदा मंझ मक्का मंझ माड़ीआं मंझे ही महराब।
मंझे ही काबा थीआं, कैं दे करीं नमाज़ ॥

(मंझ = मध्य, अन्दर; महराब = डाट, वह कमानदार जगह जहां इमाम खड़ा होकर नमाज़ पढ़ाता है; काबा = मक्का मुकर्रमा, मुसलमानों के पवित्र स्थान का नाम जहां हर साल हज होता है।)

फ़रीद कहते हैं : ऐ ख़ुदा के बन्दे, मक्का शहर तेरे अन्दर है, मक्का शरीफ़ की मीनारें भी तेरे अन्दर हैं, तेरे अन्दर ही वह मेहराब है जहां खड़ा होकर इमाम नमाज़ पढ़ाता है। स्वयं ख़ाना काबा भी तेरे अन्दर है। तू और कहां नमाज़ अदा कर रहा है?

❁

45. फ़रीदा मैं नूं मुंज कर, निक्की कर-कर कुट्ट।
भरे ख़ज़ाने रब्ब दे, जो भावें सो लुट्ट ॥

(मुंज = मूंज, एक प्रकार का तृण जिसे कूटकर रस्सी बनाई जाती है; निक्की = छोटी, बारीक़; भावें = चाहें।)

निरभिमान होने का उपदेश देते हुए फ़रीद कहते हैं : मन को मूंज बना लो और इसे कूट-कूटकर बारीक़ कर लो। हर ओर ईश्वरीय ख़ज़ाने भरे पड़े हैं। जितना भी चाहो, इन्हें लूट लो।

❀

46. कूक फ़रीदा कूक तू, ज्यों राखा ज्वार।
जब लग टांडा ना गिरे, तब लग कूक पुकार॥

(राखा = रखवाला; टांडा = ज्वार, मक्की आदि का कांड, काना।)

ईश्वर के लिए उच्च स्वर से गुहार लगाते रहो। इतनी ज़ोर से उसका नाम पुकारो जैसे ज्वार की खेती का रखवाला पुकारता है। जब तक फसल का टांडा (मानव-देह) नहीं गिरता, मृत्यु नहीं आती, भगवान का नाम लेकर गुहार लगाते रहो।

❀

47. फ़रीदा जे तूं दिल दरवेश, रख अकीदा सामना।
दरहीं सेती देख, मत्था मोड़ न कंड दे॥

(दरवेश = फ़क़ीर; अक़ीदा = यकीन, ईमान; दरही सेती = भगवान की दरगाह अथवा द्वार की ओर; कंड = पीठ।

ले फ़रीद, यदि तुम्हारे मन में फ़क़ीरी, निष्काम भक्ति-भावना है, तो अपने विश्वास पर दृढ़ता से टिके रहो। सदा भगवान के द्वार की ओर देखते रहो। उस ओर से मुख मत मोड़ो, उस ओर पीठ मत करो, अर्थात विमुख मत होओ।

❀

48. फ़रीदा दर्द न वंजम दारूयें, जे लख तबीब लगन्न।
चंगी भली थी बहां, जे नूं पिरी मिलन्न॥

(वंजम = जाते, दूर होते; दारूयें = औषधियों से; तबीब = चिकित्सक; थी बहां = हो जाऊं, उठ बैठूं; मूं = मुझे; पिरी = प्रियतम।)

मैं प्रेम-राग की मारी हूं। मेरा यह रोग औषधियों से दूर नहीं हो सकता, भले ही लाखों चिकित्सक इलाज करने में लग जाएं।

किन्तु यदि मुझे प्रियतम मिल जाएं, तो मैं फ़ौरन स्वस्थ होकर रोग-शय्या से उठ बैठूं।

❁

49. जे जे जीवें दुनी ते खुरिये कहीं न लाय।
इक्को खफ्फग रख के हारे सब्भो देह लुटाय ॥

(दुनि = दुनिया; खुरिये = पांव; खफ्फन = क़फ़न।)

जब तक इस दुनिया में रहो, किसी स्थान पर डेरा न डालो, टिककर न बैठो, ज़मीन-जायदाद न बनाओ। अपने लिए एक क़फ़न रख लो, शेष सभी कुछ लुटा दो।

❁

50. फ़रीदा जां-जां जीवें दुनी ते, तां-तां फिरे अलख।
दरगाह सच्चा तां थीवें, जां खफ्फण मूल ना रख ॥

(जां-जां = जहां तक; दुनी = दुनिया; तां-तां = वहां तक; मूल ना = बिल्कुल नहीं; तां = तो, तभी।)

फ़रीद कहते हैं : दुनिया में जहां तक जियोगे, वहां तक (सर्वकाल तक) अदृश्य भगवान तुम्हारे संग-साथ रहेगा। परमात्मा की सार्वकालिक उपस्थिति में विश्वास रखो। वह तुम्हारी तमाम ज़रूरतें पूरी करेगा। भगवान के दरबार में तुम तभी सच्चे विश्वासी समझे जाओगे, यदि अपने लिए क़फ़न तक भी नहीं रखोगे।

❁

51. फ़रीदा माऊ मैंडी कमली, जिन जीवण रखिआ नाउं।
जां दिन पुन्ने मौत दे, ना जीवण ना नाउं ॥

(माऊ = माता; मैंडी = मेरी; कमली = पगली; पुन्ने = पहुंचे।)

फ़रीद कहते हैं : मेरी मां पगली थी, उसने मेरा नाम रखा 'जीवन' किन्तु जब मृत्यु आ पहुंची तो न जीवन रहा और न ही मेरा नाम शेष रहा।

❁

52. फ़रीदा दिल दरिआओ, कंढी लग्गा क्या फिरे।
टुब्भी मार मंझाही, मंझों ही माणक लहें ॥

(दरिआओ = समुद्र; कंढी = किनारा; टुब्भी = गोता, डुबकी; मंझाही = अन्दर, माणक = मोती।)

फ़रीद का उपदेश है : यह दिल गहरा समुद्र है, इसके तट पर ही क्यों खड़े रहते हो? इसके अन्दर गहरा ग़ोता लगाओ। इसके भीतर से ही तुम्हें मोती अथवा मूल्यवान पदार्थ प्राप्त होगा।

❁

53. टुब्भी मारन गाखड़ी, सधरां लख करेन।
जिन्हां दा मन ध्रापिआ, से माणक लब्भेन ॥

(टुब्भी = ग़ोता; गाखड़ी = कठिन; सधरां = कामनाएं; ध्रापिआं = धैर्यवान, सन्तुष्ट, प्रसन्न; लब्भे = ढूंढ़ लेते हैं।)

कामना तो लाखों लोग करते हैं, किन्तु मोती प्राप्त करने के लिए गहरा ग़ोता लगाना बहुत कठिन है। जिनके मन में धैर्य एवं दृढ़ता है, वे मोती ढूंढ़ पाते हैं।

❁

54. फ़रीदा माणक मूल अथाह, कदर की जाणन शीशगर।
इके तां गूढ़ा शाह, इके तां जाणे जौहरी ॥

(शीशगर = कांच का व्यापारी।)

फ़रीद कहते हैं : मोती प्राप्त करने के अथाह सागर में ग़ोता लगाना पड़ता है। कांच का व्यापार करनेवालों को मोती की परख नहीं। (मायिक के लालच में फंसे आदमी आध्यात्मिक आनन्द से कोरे रहते हैं।) मोती (आध्यात्मिक प्राप्ति) का ज्ञान या तो किसी गूढ़े साहूकार (अनुभवी सन्त) को होता है अथवा किसी जौहरी (पारखी गुरु) को।

❁

55. फ़रीदा इकनां मत ख़ुदाइ दी, इकना मंग लई।
इक दित्ती मूल ना घिन्नदें, (ज्यों) पत्थर बूंद पई ॥

(मूल ना घिन्नदें = बिल्कुल नहीं लेते।)

कुछ लोगों के पास ईश्वर-प्रदत्त मनीषा होती है। कुछ लोग सद्बुद्धि दूसरों से मांगकर ले लेते हैं, अथवा शिक्षा द्वारा अर्जित कर लेते हैं। कुछ ऐसे भी हैं कि हम उन्हें देने का यत्न भी करें तो वे प्राप्त नहीं कर सकेंगे। वे यों हैं जैसे पत्थर पर बूंद पड़े और निष्प्रभाव रहे।

❁

56. फ़रीदा वड्डी एह बहादरी, कर कुसंग का त्याग।
दरगाह थीवी मुख ऊजला, कोई ना लग्गी दाग़॥

फ़रीद कहते हैं : कुसंगति का त्याग करना बहुत बड़ा शौर्य-कर्म है। ऐसे शूरवीर का भगवान के दरबार में मुख उज्ज्वल होता है, अर्थात उसकी प्रशंसा होती है, उसे कलंकित नहीं होना पड़ता अर्थात उसकी बदनामी नहीं होती।

❁

57. फ़रीदा ऐसा होइ रहु जैसा कक्ख मसीत।
पैरां तलें लिताड़ीए, कदे न छोड़ें प्रीत॥

(कक्ख = घास-फूस।)

फ़रीद कहते हैं : मनुष्य को यों निरभिमान हो जाना चाहिए जैसे मसजिद के फ़र्श पर बिछा घास-फूस हो। वह नामाज़ियों के पैरों तले कुचल भी जाता है किन्तु अल्लाह के घर की प्रीति नहीं छोड़ता।

❁

58. फ़रीदा पांव पसार के, अट्ठे पहर ही सौं।
लेखा कोई न पुच्छई, जे विच्चों जावी हौं॥

(अट्ठे = आठों; विच्चों = अन्दर से; जावी = चली जाए।)

फ़रीद कहते हैं : तुम भले ही जीवन-रात्रि के आठों ही पहर पांव पसारकर सोते रहो अर्थात भले ही जप-तप न करो, यदि तुम

अपने अन्दर से अहंकार का त्याग कर दोगे तो स्वयं भगवान भी तुमसे कोई पूछताछ नहीं करेगा।

❁

59. फ़रीदा कूकेंदड़ा तां कूक, कदे तां रब सुनेसीआ।
निक्कल वैसी फूक, तां फिर कूक ना होसीआ ॥

(कूकेंदड़ा = गुहार कर सके, कदे = कभी, सुनेसीआ = सुनेगा; फूक = फूंक, श्वास, प्राण।)

फ़रीद मनुष्य को परामर्श देते हैं : तुम उच्च स्वर में भगवान को पुकार सकते हो, तो पुकारो। भगवान कभी-न-कभी तो तुम्हारी पुकार सुनेगा ही। भगवान तक अपनी पुकार पहुंचाने का अवसर तभी तक है जब तक तुम जीवित हो। जब तुम्हारी फूंक निकल जाएगी अर्थात मर जाओगे तो पुकार न सकोगे।

❁

60. फ़रीदा खेती उजड़ी, गिरवी पर रह्या माल।
साहिब लेखा मंगसी, बन्दे कौन हवाल ॥

(साहिब = मालिक; परमात्मा, मंगसी = मांगेगा।)

परमात्मा हमारा मालिक है, हम उसके दास हैं, उसी के लिए संसार में काम करते हैं। जो आदमी मालिक के प्रति अपने कर्तव्य में असावधानी बरतता है, उसी के सन्दर्भ में बाबा फ़रीद कहते हैं : जिस खेती की रखवाली पर तू नियुक्त था, वह खेती उजड़ चुकी है। मालिक का माल (ढोर-डंगर) तूने गिरवी रख दिया है। जब तेरा स्वामी तुझसे खेती और माल के विषय में पूछताछ करेगा तो, हे असावधान मनुष्य, तेरा क्या हाल होगा!

❁

61. फ़रीदा खेती उजड़ी, सच्चे स्यों चितलाइ।
जे अध खाधी उबरें, तो फल बहुतेरा पाई ॥

(अधखाधी = आधी रोटी खाने से; उबरना = उद्धार होना।)

फ़रीद कहते हैं : तेरी खेती उज़ड़ चुकी है (जीवन अवगुणों से नष्ट हो गया) तो भी तू सच्चे परमात्मा में अपना ध्यान लगा। अब अगर आधी खाने से (शेष जीवन को ही भगवान के सुमिरन में मन लगाने से) तेरा उद्धार हो सकता है, तो यही कर। इसका भी तुझे पर्याप्त फल मिलेगा।

जीवन का अधिकतर भाग नष्ट करनेवालों के लिए भी मुक्ति सम्भव है।

❁

62. फ़रीदा देह जर्जर भई, नैनीं बहे सरेश।
सै कोहां मंजा भया, अंगन थीआ बिदेस ॥

(सरेश = गाढ़ा लेसदार पदार्थ जो लकड़ियां जोड़ने के काम आता है, यहां अभिप्राय गीद मिले आंसुओं से हैं; सै = सौ; कोहां = कोस; मंजा = खाट।)

वृद्धावस्था का वर्णन करते हुए फ़रीद कहते हैं : शरीर जीर्ण-शीर्ण हो गया, वृद्धायु में किसी काम का नहीं रहा, आंखों में सरेश जैसा गीद मिला पानी बहता है। शरीर इतना दुर्बल हो गया है कि अपनी खाट तक पहुंचना भी सौ कोस लम्बा सफ़र प्रतीत होता है और अपने ही घर का आंगन विदेश-सा दूर प्रतीत होता है।

❁

63. फ़रीदा जागणा ई तां जाग, होइआ ई परभात।
इस जागण नूं पछतायेंगा घणा सवेंगा रात ॥

फ़रीद कहते हैं : अब जाग (चेत ले), प्रभात (चेतनावस्था) होने को है। जागने का यह अवसर गंवा दिया तो पछताएगा, फिर रात (मृत्यु के बाद) बहुत गहरी नींद सोना होगा।

**64. आवो लद्धो साथड़ो, एवें वणज करें।
मूल संभाले आपणा, पीछे लाहा लें॥**

(लद्धो = ढूंढ़ें; साथड़ो = साथियो; लाहा = लाभ।)

हे साथियो, आओ मिलकर उस प्रभु को ढूंढ़ें। कोई ऐसा व्यापार (शुभ कर्म) करें कि अपना मूल (जन्मजात स्वच्छता) बनी रहे और उसी कारण कुछ लाभ (आध्यात्मिक उत्कर्ष) भी प्राप्त करें।

**65. साईं सेविआं खल गई, मास न रह्या देह।
तब लग साई सेवसां, जब लग होसों खेह॥**

(खल = चमड़ी, सेविआं = सेवा करते हुए, खेह = ख़ाक, मिट्टी।)

स्वामी (भगवान) की सेवा (सुमिरन, तपस्या) करते हुए शरीर की चमड़ी भी जाती रही। देह पर मांस भी शेष न रहा। कुछ भी हो मैं अपने स्वामी की सेवा जीवन-पर्यन्त करता रहूंगा। यह काम तभी छुटेगा, जब मृत्यु के कारण यह शरीर मात्र मिट्टी होकर रह जाएगा।

**66. मनां मुन्न मुनाइआं, सिर मुन्ने क्या हो?
केती भेडां मुन्नीआं, सुरग न लद्धी को?**

हे मुंडनप्रिय मेरे मन, सिर मुंडा लेने से क्या होगा? कितनी ही भेड़ें मुंडित हो चुकी हैं किन्तु किसी को भी आज तक स्वर्ग प्राप्त नहीं हुआ।

67. ज़िन्दगी दा विसाह नहीं, समझ फ़रीदा तूं।
कर लै अच्छे अमल ते, हो जा सिर निगूं ॥

(विसाह = विश्वास; अच्छे अमल = शुभ कर्म; सिर निगूं = सिर झुकाना।)

फ़रीद, तू भली प्रकार समझ ले कि जीवन का भरोसा नहीं। मृत्यु कभी भी आ सकती है। उचित यही है कि तू शुभ कर्म करता रह और भगवान के सामने सिर झुका दे।

68. मूसा नट्ठा मौत ते, ढूंढे काई गली।
चारे कुंड़ां ढूंढीआं, अग्गे मौत खली ॥

(नट्ठा = दौड़ा; काई = कोई; चारे कुंडां = चारों दिशाएं; अग्गे = आगे; खली = खड़ी।)

मूसा : यहूदी पैग़म्बर। मिस्र के फ़रऊन द्वारा यहूदी लोगों का बीजनाश किया जा रहा था। अपने अनुयायियों को मृत्यु से बचाने के लिए उसने बहुत यत्न किए। किन्तु क्या वह स्वयं मृत्यु से बच सका?

मूसा मृत्यु से बचने के लिए भागा। उसने कोई ऐसा स्थान ढूंढ़ने का प्रयत्न किया, जहां मृत्यु का प्रवेश न हो। चारों ही दिशाओं में वह गया किन्तु सभी जगह मौत साक्षात खड़ी दिखाई दी।

69. कन्ना, दंदां, अखीआं, सभना दित्ती हार।
देख फ़रीदा छड् गए मुड्ढ़ कदीमी यार ॥

(मुड्ढ़ = आदिकालीन, क़दीमी = पुराने।)

कान ऊंचा सुनने लगे, दांत क्षीण होकर गिर गए, आंखों की दृष्टि क्षीण होने लगी। सभी ने मुझे पराजय का मुंह दिखाया।

देखो, फ़रीद, ये मेरे आदिकालीन और घनिष्ठ मित्र भी मुझे छोड़कर चल दिए।

70. फ़रीदा उत्थां टिक्कीए, जित्थां वस्सण अन्हे।
ना को साकूं जाणे, न साकूं मन्ने ॥

(टिक्किए = टिक जाएं, बस जाएं; साकूं = हमें।)

प्रभु भक्त भगवान को इस हद तक समर्पित है कि वह संसार में गुमनाम रहना चाहता है। वह अपने-आप को जनाना नहीं चाहता।

फ़रीद कहते हैं : हे मेरे मन, चलो, ऐसी जगह बस जाएं जहां के सभी निवासी अन्धे हों। अन्धों के बीच रहेंगे, तो हमारा किसी से परिचय नहीं होगा, हमें मान्यता देनेवाला भी कोई नहीं होगा।

❑❑❑